스무살,——
—— 절대
지지않기를

스무살, ── ── 절대 지지않기를

이지성
에세이

차이
정원

지금부터 내가 하는 이야기를 편하게 들어주면 좋겠어.

햇살 좋은 어느 토요일 오후, 전화기도 꺼놓고 나만의 산책을 즐기다가

우연히 만난 아는 오빠, 혹은 형에게 들은 나를 돌아보게 하는 이야기?

물론 내용이 좀 세긴 하지만, 그래도 그 정도가 딱 좋겠어.

내가 다시 스무 살 3월을
떠올린 이유

내 나이 스무 살 때 난 대학교 2학년이었어. 그때 난 교육대학교를 다니고 있었어. 졸업만 하면 거의 자동적으로 초등학교 선생님이 된다는 그 좋은 대학 말이야.

부모님의 기대가 대단하셨어. 우리 아들이 교대만 졸업하면 막막하기만 한 우리 집 경제 사정도 조금은 나아질 거라 믿으셨어.

친구들은 많이 부러워했어. 평생 경제적 안정을 누릴 수 있는 직장을 갖게 됐다며 말이야.

대학 동기들은 학교에 잘 적응하고 선배들과 동기들을 잘 챙기는 내가 참 좋아 보인다고 했어. 1학년 때만 해도 나는 교대 사람들과 마치 식구처럼 지냈거든.

스무 살 3월 어느 날, 나는 내 길을 가기로 했어.

부모님이 많이 힘들어하셨어. 친구들은 이해할 수 없다는 눈으로 나를 바라보았어. 동기들과 선배들은 나를 마치 배신자 대하듯 했어. 하지만 어쩌겠어. 스무 살인데, 십 대 시절처럼 살 수는 없는 거잖아.

난 학교를 안 나가기 시작했어. 친구들과의 교류도 끊다시피 했어. 대신 난 책을 읽으면서 미래를 준비했어.

참으로 외롭고 힘들고 고통스런 시절이었어. 내 나이 서른넷, 4월까지 그렇게 슬프고 외롭고 아프게 살았어. 하지만 한편으로 황홀하고 아름답고 행복한 시간이었어. 사회와의 인연을 거의 끊다시피 하면서 자기 내면에 충실한 삶을 산다는 것은 그런 이중적인 면이 있어.

난 이 책을 읽는 네가 어떤 처지에 있는지 몰라. 그래서 어떤 조언을 하기가 많이 망설여져. 하지만 그럼에도 불구하고 네가 내게 조언을 구한다면 이렇게 말하고 싶어.

"설령 네가 세상에서 가장 어두운 터널을 지나가고 있다고 생각되더라도 미래를 믿고 끝까지 가보렴. 그럼 넌 언젠가 반드시 눈부신 빛을 만나게 될 거야."

음, 너무 식상한 조언이라고?

어디선가 많이 들어본 것 같은 말이라고?

그래, 인정해. 그런데 말이야. 난 내 삶을 놓고 이 말을 했어. 말과 글은 본래 빤한 거야. 하지만 그 누구의 것이든 삶은 절대로 빤하지 않아.

네가 만일 눈과 머리로만 내 글을 읽는다면 넌 아무것도 느낄 수 없을 거야. 하지만 네가 만일 심장과 영혼으로 내 글을 읽는다면 넌 반드시 크게 성장할 거야.

2016년 9월 어느 날 경기도 파주 작업실에서

꿈을 가진 너에게

스무 살 3월, 어느 날이 떠올라. 난 그날 집 근처 공원 언덕에 앉아 있었어.

노을이 아름답게 지고 있었어. 그런데 그 노을이 참 서글프게 보이더라. 너무너무 슬프게만 보이더라.

난 근처 슈퍼에서 구입한 맥주 캔을 따서 입에 털어 넣었어. 태어나서 처음으로 사본 술이었어.

술은 매우 썼어.

결국 절반도 마시지 못하고 캔을 던져버리고 말았지.

난 자리에서 일어나 하늘을 향해 선언했어. 내 가슴속에서 솟아오르는 꿈을 사는 사람이 되겠다고.

다음 날부터 작가의 길을 걷기 시작했어.

처음엔 사람들이 칭찬해주더라. 멋지다고, 독특하다고, 개성 있다고. 하지만 내가 학교 공부는 내팽개치고 글만 쓰니까 이런 말을 하기 시작하더군.

"걔, 진짜 이상한 것 같아!"

급기야는 이런 말까지 들었어.

"미친 새끼!"

가족들도, 친구들도, 선배들도, 교수들도 내 꿈을 인정해주지 않았어. 아니 무시하고 비난하고 비웃고 짓밟기 바빴어. 난 말라 죽을 것만 같았어. 그렇게 14년 7개월을 보냈어.

어느 날 난 기적을 보았어. 내 책이 베스트셀러 1위에 올라 있는 광경을 목격했거든. 지금 내 책은 미국, 중국, 일본, 대만, 베트남 등에서 번역 출간되고 있어.

내 자랑을 하려는 게 아니야. 난 고맙다는 말을 하고 싶은 거야. 너에게.

내 책을 사랑해준 너에게 말이야.

지금부터 내가 하는 이야기를 편하게 들어주었으면 좋겠어.

햇살 좋은 어느 토요일 오후, 전화기도 꺼놓고 나만의 산책

을 즐기다가 우연히 만난 아는 형 또는 아는 오빠에게 들은,

　나를 돌아보게 하는 이야기?

　물론 내용이 좀 세긴 하지만, 그래도 그 정도가 딱 좋겠어.

　그럼 시작해볼까?

　　　　　　　　2010년 9월 어느 날 서울 약수동 집필실에서

차례

3

그래, 여행을 떠나는 거야 천천히

4

지금보다 더 빛나는 별을 향해

5

시련은 누구에게라도 다가오지만

6

단 1센티미터 나아가기 위해

넌 지금 이 순간을 소중하게 여겨야 해.

넌 지금 이 순간 네 남은 인생의 첫 단추를 채우고 있는 거니까.

난 네가 지금 이 순간을 투명하게 빛나는 마음으로 가득 채웠으면 좋겠어.

그리고 그 마음을 따라서 살아가기 위해 분투했으면 좋겠어.

1

스무 살,
꿈을 찾아가기 위한
발돋움

지금은 아득한

내가

어떤 사람을

어떤 일을

미래를

두려워하게 될까봐.

.

.

.

두. 려. 워.

단 한 번뿐인 인생

언젠가 네 가슴속에도 꿈이 찾아왔을 거야.

어떤 황홀한 속삭임이 네 가슴을 두드렸을 거야.

그 꿈을 살아가는 사람이 되길 빌어.

그 속삭임을 따라가는 사람이 되길 빌어.

인생은 진정 한 번뿐이니까.

우울하기 짝이 없던 시간

아버지의 잔소리를 참지 못하고 결국 집을 뛰쳐나오고 말았어. 늘 그렇듯이 갈 곳은 공원밖에 없었어. 난 장미넝쿨이 흐드러지게 걸려 있는 예쁜 철골 구조물 아래 나만의 벤치에 누워서 잘 보이지도 않는 별들을 헤다가 그만 잠이 들었어.

난 잠드는 게 늘 두려웠어. 항상 악몽을 꾸었거든. 절망의 상징들로 이루어진 어떤 세계, 내가 매일 밤 방문하는 꿈속의 세계였어. 그날도 난 장미 벤치에서 밤새도록 고통스런 꿈을 꾸었어.

난 아버지를 사랑했고, 아버지도 나를 사랑했어. 하지만 난 아버지를 이해하지 못했고, 아버지도 나를 이해하지 못했어.

그렇게 좋던 부자 관계가 '글', '시', '책'이라는 단어만 튀어나오면 썩은 유리처럼 쩍쩍 갈라지다 부서지곤 했어. 그때마다 난 아버지에게 노골적으로 반항했고, 욕을 먹거나 얻어맞았고, 폭발해서 집을 뛰쳐나오곤 했어.

찌뿌드드한 몸을 느끼고 눈을 뜨니 아침이었어. 늘 그렇듯이 눈이 시리도록 아름답게 빛나는 태양은 나를 더욱 초라하게 만들었어. 마치 별 같은 존재, 주인공이 나타나면 사라지는 그런 존재, 우주에게까지 열등감을 느끼던 나는 정말이지 대책 없는 인간이었어.

주머니 속을 뒤져보면 많아야 이삼천 원이 있었어. 난 한숨을 내쉬고, 고개를 떨구고, 자리에서 일어나 집으로 향했어. 마치 도둑놈처럼 집에 들어가서 몰래 밥을 먹고 나오면 갈 곳이 없었어. 결국 걸어서 학교에 갔어. 하지만 학교에서도 갈 곳이 없었어. 만날 사람도 없었고.

낡은 책장들로 가득한 도서관 창고 속으로 숨어들어 책 한 권을 읽고, 나오면, 여전히 하늘은 푸르렀지만, 나에게는 대화를 나눌 친구도, 해야 할 공부도, 가고 싶은 강의실도 없었어. 난 다만 학교를 좀 떠돌다 시내로 나갈 뿐이었어.

이삼십 분을 걸어서 시내로 나가면 서점이 있었어. 나는 서서 책 한 권을 읽고, 한숨을 내쉬고, 시내를 가로질러 집까지 걸어갔어. 때로 만홧가게를 가기도 했고 전자오락실을 가기도 했지만 그보다는 샛강을 따라 걷는 일이 더 많았어.

버스로 삼십 분 가까이 걸리는 집까지 걸어가다 보면 하늘엔 노을이 걸리곤 했어. 당시 나의 유일한 취미는 저물녘 하늘을 바라보면서 그 아름다운 풍경을 내 안에 사진처럼 썩어두는 것이었어.

노을마저 사라지면 주위는 온통 어둑해졌고, 별들이 하나둘씩 얼굴을 내밀었어. 그러면 난 아무 벤치에나 앉아서 시를 썼어. 그러곤 그 벤치에 누워서 잠이 들었어. 언젠가 내 글이 인정받을 날을 꿈꾸면서. 친해지고 싶은, 그러나 친해질 수 없다는 사실을 잘 아는 학교의 누군가들을 생각하면서.

서늘한 공기에 잠이 깨면, 어느덧 깜깜한 밤이었고, 나는 집에 가고 싶지 않았어. 하지만 가야 했어. 걱정하고 있을 엄마 때문에.

내키지 않는 발걸음을 이끌고 동네를 어슬렁거리다 보면 새벽이었어. 그때쯤 나는 몰래 집에 들어갔어. 아버지와 마주치고 싶지 않았거든. 그렇게 방에 들어와서 누우면 또 할 일이 없었어. 책을 읽는 것 말고는. 그래서 몰래 불을 켜고 책을 읽었어.

책을 읽고 있다 보면 아버지의 발자국 소리가 들렸어. 난 황급히 불을 끄고는 자는 척을 했어. 아버지는 그런 나를 걱정 반 기쁨 반이 담긴 눈길로 물끄러미 바라보시다가 조용히 당신의 방으로 가시곤 했어. 그러면 나는 다시 책을 꺼내들고서 잠들 때까지 읽었어. 물론 잠은 악몽이 기다리는 세계로 가는 것에 불과했지만, 잠이라도 들어야 시간이 빨리 지나갈 테니까, 우울하기 짝이 없는 이십 대가 하루라도 빨리 줄어들 테니까, 그런 심정으로.

한편으로 나는 잠이 들면서도 걱정스러웠어. 어차피 내일 깨어나도 오늘 같은 하루를 살 텐데, 하는 생각으로.

여기까지가 내 나이 스물, 스물하나, 스물둘, 스물셋, 스물넷, 스물다섯 살 때의 일상이야.

난 학교와 집에서 투명 인간처럼 살다가 투명 인간처럼 군대에 갔어.

머리를 빡빡 밀고 군대 가던 날, 누구도 나를 배웅하지 않았어. 아버지를 빼고는.

아버지는 웃으면서 나를 배웅해주셨어. 버스에 앉아서 아버지께 인사를 드리는데, 가슴속에서 뭔가가 울컥했어.

내가 군대를 가던 날, 집은 실질적으로 망했고, 대학을 다니던 동생은 가족의 생활비를 벌기 위해 휴학 신청을 했어.

집 우체통에는 돈을 갚으라는 통지서들과 집을 경매에 처한다는 통지서들이 쉬지 않고 날아들고 있었어.

그런데 고작 난 밀린 군대를 가고 있었어.

내 나이 스물다섯 살이던 어느 여름날의 일이야.

인생의 첫 순간

지금 이 순간은 네 남은 인생의 첫 순간이야.

때문에 넌 지금 이 순간을 소중하게 여겨야 해. 넌 지금 이 순간 네 남은 인생의 첫 단추를 채우고 있는 거니까.

난 네가 지금 이 순간을 투명하게 빛나는 마음으로 가득 채 웠으면 좋겠어. 그리고 그 마음을 따라서 살아가기 위해 분투 했으면 좋겠어.

방금 전까지 너를 힘들게 한, 이미 지나가버린 일들을 아름 답게 잊고, 지금 너에게 다가오고 있는 미래의 모든 순간들을 향해 아이처럼 환하게 웃으면서 달려갔으면 좋겠어.

영혼의 유배지에서
다시 태어난

스무 살 때, 나는 이렇게 외쳤어.

"그저 존재하는 삶을 살고 싶지 않아. 펄펄 살아 움직이는 내가 되고 싶어!"

그런데 그날 이후로 십일 년간 펄떡이는 삶 대신 죽음의 세월을 살았어.

내가 스물세 살 때 썼던 시 구절 중에 이런 게 있어.

"죽음과 어깨동무하며 다니는 나날들."

그땐 왜 그렇게 눈물 나고 아프고 서럽고 고통스러운 날들이 많았을까.

내 나이 앞에 숫자 '2'가 붙었던 날들은.

소설가 이외수의 말처럼, 교육대학교라는 곳은 내 영혼의 유배지였어.

그곳에서 난 '영혼의 죽음'을 경험했었거든.

슬픔.

외로움.

비참함.

눈물.

악.

고통.

좌절.

절망.

전혀 살고 싶지 않음.

자살 충동.

살아 있는 것의 한스러움.

잔인한 운명은 이런 것들을 잔에 가득 담아 이십 대의 나에게 권했지.

나는 마셨어. 한 방울도 남김없이. 살아 있는 존재라면, 어둠의 의미 또한 남김없이 맛보아야 한다고 생각했기에.

그리고 나는 죽었어.

내 존재가 머리끝에서 발바닥 밑까지 흔적도 없이 지워졌거든. 그것도 세 차례나.

"가장 무거운 짐을 실은 배가 가장 큰 배인 거야."

내 나이 앞에 숫자 '2'가 붙었던 시절, 나는 내 스스로 만든 이 말을 마치 기도처럼 외우고 다녔어.

그렇게 나는 다시 태어나고 있었어.

내가 꿈꾸던 나 자신으로.

끝이 보이지 않는 전쟁

꿈의 길을 간다는 것은 내 안의 부정적인 자아와 끝이 보이지 않는 전쟁을 치른다는 것을 의미해.

내가 스무 살 때 작가의 꿈을 정하자 내 안의 누군가가 무서운 질문을 던지기 시작했어.

"네가 진짜 할 수 있다고 생각해?"

하루는 내 안의 그가 부정적인 질문을 몇 번 던지나 세어본 적이 있어. 이천 번이 넘었어. 그는 그 정도로 악착같았어.

하지만 나도 만만치 않았어. 난 그가 부정적인 질문을 한 번 던질 때마다 긍정적인 대답을 열 번 하는 것으로 대응했어.

그렇게 나는 나 자신과 처절한 전쟁을 치렀어.

때로 학교가, 친구들이 너무 보고 싶었어. 그러면 터벅터벅 걸어서 학교에 갔어. 하지만 학교는, 친구들은 나를 잊은 지 오래였어.

나는 도서관으로 바삐 달려가고, 강의실에서 열심히 수업을 듣고, 운동장에서 즐겁게 노는 친구들을 힘없이 바라보다가 다시 터벅터벅 걸어서 집으로 돌아오곤 했어.

4학년이 되자 학교의 친구들은 화사하고 멋진 정장을 입고 교생 실습을 나갔어.

나는 친구들이 그렇게 어른스러워 보일 수가 없었어. 한편으로 내 자신이 그렇게 초라하게 느껴질 수가 없었어.

나는 이렇게 작가도 되지 못하고 교사도 되지 못한 채 학교를 떠나게 되는 건가. 도대체 나는, 내 인생은 무엇인가.

어쩌다 한 번씩 학교에 가면 나도 모르게 이런 생각이 들었고, 그때마다 눈가에 핑 눈물이 돌았어.

학교는 정물처럼 늘 제자리에 있었고, 친구들은 눈에 힘을 주고서 어딘가를 향해 부단히 달려가고 있었어.

하지만 나는 학교에서 끝없이 표류하고 있었어.

견디고 있다고

내 나이 스물하나, 대학교 3학년 겨울방학 때였어. 1월 초였는지 2월 초였는지 정확히 기억나지 않아. 아무튼 어느 겨울밤 9시 40분경 나는 아버지가 던진 물체에 맞아 벌겋게 혹이 난 뒤통수를 문지르면서 매서운 바람이 부는 거리를 걷고 있었어.

세 번째였어. 글 쓰지 말고 학교 공부나 열심히 하라는 아버지의 말에 대들었다가 얻어맞고서 쫓겨난 게.[*]

더럽게 추운 밤이었어. 불이 환하게 켜진 상점의 텔레비전에서는 날씨를 안내하는 사람이 "금년 들어 가장 추운 날입니다. 내일은 오늘보나 덜 춥겠습니다."라고 말하고 있었어. 하지만 내 가슴속에선 불이 나고 있었기에 견딜 만했어.

한참을 걷다가 주머니를 뒤져보았어. 십 원이 있었어.

"젠장, 친구한테 전화할 돈도 안 되잖아!"

나는 이렇게 화를 내면서 계속 걸었어. 자존심 때문에 집으로 돌아갈 수는 없었어.

어디에서든지 밤을 보내야 했어. 교대까지 가기에는 너무나 멀었어. 나는 발길을 전북대학교로 향했어. 그곳 동아리방 아무 곳에나 들어가서 자자, 이렇게 생각하면서 속도를 냈어. "내 인생은 왜 이따위야?"라고 구시렁거리면서.

한참을 걷는데 공중화장실이 눈에 들어왔어. 나는 작은 일을 보기 위해 들어갔어. 놀랍게도 노숙자 세 명이 훈기가 나오는 라디에이터 옆에서 몸을 맞대고 누워 있었어. 밑에 라면 박스를 깔고서. 평소처럼 밖에서 잤다가는 얼어 죽을 것이 빤하니까 화장실로 들어온 거였어.

차마 볼일을 보지 못하고 화장실을 나와서 계속 걸어가는데 공교롭게도 윤락가를 지나가게 되었어. 그 추운 겨울날 파카를 입은 나도 덜덜 떠는데 내 또래로 보이는 여자들이 손님을 끈답시고 초미니 차림으로 거리에 나와 있었어.

민망해진 나는 다른 길로 가기 위해 발길을 돌렸어. 그때였어. 한 여자가 백 미터를 거의 십 초에 주파할 것 같은 놀라운 달리기 실력을 선보이며 내 앞을 착 막아섰어. 그와 동시에 튀어나온 말.

"오빠, 놀다 가!"

"싫은데요."

"에이, 그러지 말고. 놀다 가. 잘해줄게!"

"잘 안 해줘도 되는데요."

"그러지 말고, 싸게 해줄게!"

"저 십 원 있는데요."

"알았어요. 가세요."

그녀가 실망한 표정으로 돌아설 때 나는 물었어.

"저기, 안 추워요?"

"먹고살아야 하니까요. 추운 거보다는 그게 더 힘드니까요."

그녀는 이 한마디를 마치 탄식처럼 내뱉고는 쓸쓸한 표정으로 그녀들의 거리를 향해 갔어.

윤락가를 우회해서 간 길은 재래시장과 연결되어 있었어. 불이 꺼진 점포들 사이로 난 길을 통과해서 백화점 쪽을 향해 가는데, 칼바람이 몰아치는 백화점 앞 광장에서 열 명 남짓한 사람들이 고무 대야 따위를 늘어놓고서 뭔가를 팔고 있었어. 머리와 얼굴을 목도리 등으로 친친 감고 옷을 심히 두껍게 껴입은 그들은 대부분 할머니들이었어.

마침내 나는 목표로 한 전북대학교에 도착했고, 창문이 잠겨 있지 않은 동아리방을 기적처럼 찾아냈어. 그런데 담요가 없는 거야.

난 이해할 수 없었어. 동아리방에는 당연히 담요, 베개, 트레이닝복, 운동화, 라면, 생수, 코펠, 버너 등이 있어야 하는 거 아니야? 나 같은 불청객을 위해서라도 말이지. 하지만 불평할 틈이 없었어. 미치도록 추웠으니까.

난 학생회관으로 달려갔어. 예상대로 그곳엔 내 상반신만 한 스티로폼들과 플래카드들이 굴러다니고 있었어. 난 그것들을 주워와서 침대와 이불로 삼아 잤어.

새벽에 너무 추워서 몇 번을 깼어. 그때마다 밤에 만났던 사람들을 생각했어. 노숙자들, 창녀들, 할머니 노점상들. 그러면 거짓말처럼 추위가 가셨어. 내 입에서 힘들다는 말이 사라지기 시작했던 게 아마 그때부터였지 싶어.

물론 나는 그 뒤로 눈물 나는 일, 슬픈 일들을 셀 수 없이 많이 겪었어. 하지만 그때마다, 그때 그 사람들을 생각하면 감히 힘들다는 말을 할 수 없었어.

"힘들지만, 견디고 있어⋯⋯."

이런 말이라면 몰라도.

* 얻어맞지 않고 쫓겨난 건 셀 수 없이 많았어.

미래를 향해 나아가려면

인생을 바꾸기 위해서 해야 할 일들.

하나, 지나간 일들을 떠올리지 말 것.
둘, 이미 일어난 일들을 후회하지 말 것.
셋, 바꿀 수 없는 것들을 아쉬워하지 말 것.

난 네가 지금 이 순간에 감사하면서 바꿀 수 있는 미래를 향해 날아갔으면 좋겠어. 하지 못했던 것들이 아니라 하고 싶은 것들을 바라보면서 하루하루를 살아갔으면 좋겠어.
뒤를 돌아보면 앞을 볼 수 없으니까.

친구에 관하여

난 친구가 거의 없어. 아니, 마음으로 연락을 주고받는, 진짜 친구라고 할 수 있는 놈을 한 명 빼면, 친구라고 부를 수 있는 사람이 아예 없는 것 같아.

난 그 녀석과 일 년에 한 번 만날까 말까 해. 우리는 서로 전화를 하는 일도 거의 없어. 하지만 뭐랄까, 우리는 알아, 서로가 비슷한 인간임을. 어쩌면 정신으로 교감한다고도 할 수 있겠지.

나라고 처음부터 친구가 없었던 것은 아니야.

고등학교를 다닐 때는 인기 투표에서 1위를 한 적도 있어. 재수할 때는 학원에서 사귄 친구가 하도 많아서, 담임선생님이 "너 이러다가 삼수한다!"며 다른 학원으로 강제로 전학(?)을 보냈고.*

　그때만 해도 나에겐 사총사와 팔형제가 있었어. 우정을 위해서라면 부모님의 재산까지도 몰래 팔아치울 수 있다고 맹세한 네 명의 고등학교 친구들과 여덟 명의 재수학원 친구들이었지. 이외에도 제법 친한 친구들은 백여 명 정도 있었고, 그냥 친한 친구들은 수백여 명 있었지.

　대학교 2학년이던 어느 봄날이었을 거야. 난 친구의 자취집에서 라면을 끓여먹다가 벼락처럼 깨달았어. 이렇게 살다가는 작가의 길을 영원히 갈 수 없겠다고.

　한번 생각해봐.

　아침에 일어나자마자 책을 읽고 글을 쓰는 대신 친구에게 전화를 걸어서 약속을 정하고, 온종일 책과 붙어 다니는 대신 친구들과 붙어 다니고, 주말이나 공휴일엔 혼자만의 공간으로 숨어들어서 처절하게 습작을 하는 대신 친구들과 만나서 시내를 쏘다니고, 그런 사람이 어떻게 사람들의 마음을 감동시키는 글을 쓰는 작가가 될 수 있겠어.

　그날 이후로 난 친구들을 거의 만나지 않았어. 친구들은 변심한 내 마음을 돌려보려고 무던 애를 썼어. 하지만 난 일절 흔들리지 않았어. 나중에는 아예 다른 지역으로 이사를 갔어. 고등학교 1학년 때부터 단짝 친구였던 녀석에게조차 연락처를 남기지 않고서. 그로부터 어언 십 년이 흐른 지금껏 난 단 한 명을 빼고는 '친구'라는 존재를 사귀어본 적이 없어. 나 좀 독하지? 하지만 내가 꼭 독해서 이렇게 된 것은 아니라고 생각해.

일 년 내내 미친 듯이 글을 쓰다가 연말이나 연초에 고등학교 동창들이나 대학교 동창들이 모이는 자리에 나가면 늘 힘들었어. 그들은 '꿈'을 몰랐고 비웃었지만 난 '꿈'에 목숨을 걸었기 때문이었을까. 그때마다 난 예감했어. 어쩌면 영원히 혼자가 될 것 같다는.

이십 대의 어느 날, 난 '친구' 대신 '꿈'을 선택했고 내 친구들은 '꿈' 대신 '친구'를 선택했던 것 같아. 난 내 선택이 옳았다고도 생각하지 않고, 친구들의 선택이 옳았다고도 생각하지 않아. 우리는 그저 자신의 마음에 끌리는 선택을 했던 거라고 난 생각해.

난 다만 그 선택 이후를 이야기하고 싶어. 난 그날 이후로 지금껏 혼자로 지냈어. 내 친구들은 군대, 복학, 취업 준비, 취직, 결혼 등을 거치는 동안 뿔뿔이 흩어졌어. 놀랍게도 한때 마치

한 몸처럼 붙어 다녔던 그들은 이제 대부분 나처럼 혼자야.

한번은 우연히 만난 고등학교 친구에게 이렇게 물어본 적이 있어.

"인마, 넌 지금처럼 혼자가 되려고 이십 대 시절에 그렇게 친구들하고 죽자 사자 붙어 다녔던 거냐?"

아주 오랫동안 친구들 사이에서 최고의 친구로 통하던 그 녀석은 허탈한 표정으로 대답했어.

"짜샤, 다 먹고살기 힘드니까 이렇게 된 거지. 잘 알면서 왜 그래. 뭐 어쨌든 결혼하기 전까지만 해도 죽도록 붙어 다녔던 놈들 중에 지금 연락하는 놈 거의 없다. 뭐 사는 게 그런 거지."

녀석은 이십 대의 어느 날 친구들을 과감히 정리하고 자신의 길을 걸어간 내가 진심으로 부럽다고 했지만, 솔직히 말하면 나야말로 그 녀석이 부러워. 최소한 녀석에게는 친구들과 죽도록 붙어 다닌 추억이라도 있으니까.

이십 대 시절의 나에게는 베스트셀러 작가가 될 기미가 전혀 보이지 않았어. 작가로서의 재능이 아예 없었다는 의미야. 그런 내가 친구들과의 인연을 아예 끊다시피 하고서 글에 미치지 않았다면, 과연 지금처럼 사랑받는 작가가 될 수 있었을까? 난 절대 아니라고 생각해.

한편으로 난 이십 대 중반에 군대를 가야 했고, 제대하자마자 밥벌이를 해야 했어. 그러다 보니 글을 쓸 수 있는 시간이 거의 없었어. 잠을 줄이고 사람을 전혀 만나지 않아야만 마음에 드는 글을 쓸 수 있는 충분한 시간이 생겼어.

좀 부끄럽지만 솔직하게 말할게.

만일 나에게 작가로서의 재능이 조금이라도 있었다면 난 그토록 혹독한 이십 대를 보내지 않아도 되었을 거야.

평범한 사람은 그런 것 같아. 처절한 대가를 지불해야만 뭔가를 이룰 수 있는 것 같아.

그래도 '뭔가'를 얻을 수 있다는 게 어디야. 난 그렇게 생각하기 때문에, 내 잃어버린 이십 대에 아무런 후회도 없어.

◦ 난 여섯 살 때 초등학교를 들어갔어. 재수할 때는 열여덟이었어.

사랑해줘

난 세상 사람들이 마음을 좀 열고 살았으면 좋겠어. 닫힌 마음으로 세상을 살아가면 좋은 일이 뭐가 있을까. 이렇게 말하고 나니 갑자기 왈칵 눈물이 나려고 해.

내가 마음을 열고 다가가면, 왜 사람들은 상처를 주는 거야.

왜 내 마음을 가볍게 보는 거야.

입을 다물고 웃지 않고 가만히 있는 것, 많이 해보았어. 그러고 있으면 사람들이 함부로 하지 못한다는 것 잘 알아. 나도 얼마든지 다른 사람들 무시할 수 있고, 잘난 체할 수 있어. 표정을 차갑게 하고 있으면, 짐짓 무시하는 눈길을 던지면 사람들이 움찔하는 것 알아. 열등감 느끼고 조심하는 것 잘 알아.

하지만 그렇게 살면 행복하지 않잖아.

내 가슴속에서 예쁘게 피어난 꽃 한 송이를 보여주면 제발 감동해줘.

환호해주고 격려해주고 사랑해줘.

제발 차가운 눈빛, 차가운 표정 보내지 말아줘.

우리는 가슴속에 꽃을 피우기 위해 이 지구에 왔잖아. 서로의 꽃을 보고 행복하기 위해 인간관계를 맺는 거잖아.

우리는, 우리는 진정 서로 사랑하기 위해 그토록 힘들게 태어난 거잖아.

내 영혼은 나에게 이렇게 말해왔다.

넌 반드시 네 꿈을 이루게 될 거라고.

아니 지금 네가 꾸고 있는 그 꿈보다 백 배 천 배는 대단한 현실과 만나게 될 거라고.

그러니 굴하지 말고 앞으로 나가라고.

2

어둠 속에 있는 듯
불안해하는
너에게

인간의 경험을 하고 있는
너에게

별이,

사람 크기만 한 별이

지구로 떨어지면

힘들겠지?

하늘의 기억 때문에.

네가 힘든 것은

바로 그런 이유 때문일 거야.

이 지구에서

네가 끊임없이 힘든 것은

네가

인간의 경험을 하고 있는

별이기 때문일 거야.

네가 바로 희망이야

못생긴 여자에게, 키가 작은 남자에게, 좋은 대학을 나오지 못한 사람에게, 비정규직에게, 실업자에게, 가난한 사람에게.

세상은 매우 잔. 인. 해.

만일 네가 큰 꿈을 갖지 않는다면, 그 큰 꿈을 이루기 위해 지금과 완전히 다른 존재로 변신하지 않는다면 세상은 약자에게 언제나 지금처럼 잔인할 거야.

하지만 말이야.

만일 네가 큰 꿈을 갖는다면.

네가 위대한 변화를 선택한다면.

이 추악한 세상에 굴종하거나, 좌절하거나, 절망하는 대신 가슴속을 미친 꿈의 빛으로 채우고서 살아간다면.

하루 여덟 시간 자던 네가 네 시간 자는 사람으로 변하고, 한 달에 책을 두세 권 읽던 네가 하루에 두세 권 읽는 사람으로 변하고, 혼신의 힘을 기울여서 일한 적이 한 번도 없는 네가 어떤 일이든 최고로 열심히 하지 않으면 가슴이 터져버릴 것 같은 그런 사람이 된다면, 그것이 설령 청소를 하는 일일지라도 네 모든 열정을 쏟아붓는 그런 사람이 된다면.

난 생각해. 넌 자기 자신뿐만 아니라 세상을 변화시키는 능력을 가진 사람이 될 수 있다고.

난 믿어. 네가 그렇게 아름답게, 그렇게 치열하게 살다 보면 언젠가 거대한 꿈을 이룬, 세상의 중심에 우뚝 선 사람이 될 거라고.

그때 네가 네 힘을 약자들을 위해서 쓰기 시작한다면, 지구는 바꿀 수 없더라도 네 주변 세계는 바꿀 수 있지 않을까. 그것도 완벽하게 바꿀 수 있지 않을까.

나, 너에게 말하고 싶어. '그런 사람'이 되라고.

나도 '그런 사람'이 되기 위해 이제껏 노력해왔고 지금도, 이 순간도 안일을 거부하며 살고 있어.

난 꿈꾸고 있어. 지구에 '그런 사람'들이 가득해지는 그날을.

그때 지구는 진정 아름다운 행성이 될 수 있겠지.

네가 변할 때 세상도 변한다는 걸 부디 잊지 마.

지금 자본주의의 압제 아래 신음하고 있는 네가 바로 자본주의의 희망이야.

오히려 행복해

믿기지 않겠지만 난 스물여덟 살 때 처음으로 여자 친구를 사귀었어. 그것도 12월에. 그러니까 실질적으로 스물아홉 살에 난생처음 여자 친구를 사귀었다고 볼 수 있지.

그녀는 천사 같은 여자였어. 하지만 내 꿈을 진심으로 믿어 주지는 않았어. 아직도 기억나. 나를 떠나가던 날, 그녀는 그동 안 꾹 참아왔던 말을 했어.

"오빠는 도무지 작가 같지가 않아. 내 친구들도 그러더라. 작가 냄새가 전혀 풍기지 않는다고. 다들 이상하대."

그러고는 나와 헤어진 지 6개월도 안 돼서 결혼을 해버렸어.

두 번째로 사귄 여자 친구는 나와 같은 학교에 근무하던 선생님이었어. 그녀는 소위 미인이었어. 남자들이 줄줄 따라다녔을 정도로.

어느 날의 일이야. 학교에서 내 자취집 주소를 알아낸 그녀가 무작정 찾아왔어. 내가 보고 싶다며. 난 좀 당황했어. 그 동네는 빈민가였고, 내 자취방은 그중에서도 가장 열악했으니까.

곰팡이가 가득 슬어 있는 벽과 구불구불한 장판이 인상적인 내 방을 보여주어야 했지만 난 이상하게도 전혀 부끄럽지 않았어. 아마도 그녀가 나를 사랑한다는 사실을 온 마음으로 느끼고 있었기 때문에 그랬던 것 같아. 내 예상은 적중했어. 나를 향한 그녀의 사랑은 그날 이후로 걷잡을 수 없이 커졌으니까.

그로부터 약 두 달 뒤, 난 씁쓸한 얼굴로 그녀를 떠나보내고 있었어. 그녀는 말했어.

"오빠를 사랑하지만 오빠의 빚은 감당 못할 것 같아요. 미안해요."

그러고는 나와 헤어진 지 2개월도 안 돼서 결혼을 해버렸어. 물론 결혼식 전날 친구들 앞에서 엉엉 울면서 진정 사랑했던 사람은 나였다는 고백을 했다고는 하지만. 그런 사실은 내게 어떤 위안도 되지 못했어. 게다가 난 행복한 신혼생활을 하는 그녀를

학교에서 계속 봐야 했지. 그건 진정한 고통이었이.

이젠 다 추억이 되어버렸어.

아무렇지도 않아.

한때 내 여자 친구였던 두 사람은 진정한 반쪽을 만나 행복해졌으니 그걸로 된 거잖아.

그리고 난 나대로 내 길을 쭉 걸어왔으니까 그걸로 된 거고.

여기까지 쓰고 나니 갑자기 궁금해지네.

내 진정한 반쪽은 어디 있을까?

언젠가는 내 곁에 오겠지.

그때 난 영혼으로 깨닫게 될 것 같아.

지난 세월의 모든 헤어짐은 내 진정한 반쪽을 만나기 위한 과정에 불과했다는 것을.

그래서 난 내 기다림이 지루하거나 힘들지 않아.

오히려 행복해.*

---

* 서른일곱 살 무렵에 쓴 글이야.

별

내 가슴속에는 거대한 별이 하나 떠 있어.

마치 은하계 전체의 빛을 담은 듯한,

그 찬란한 별을 네게 보여주고 싶어.

그리고 깨닫게 해주고 싶어.

네 가슴속에도 나와 똑같은 별이 떠 있다는 사실을.

그게 바로 내가 글을 쓰는 이유야.

사랑의 특권

붉은 점들이, 그토록 매혹적인 붉은 점들이

허공에 마구 찍히기 전부터 나는 장미를 알고 있었다

그러나 나는 장미의 곁에 가지 않았다

그때 그것은 덩굴식물에 불과했으므로

오월이 되자 장미는 자신을 열어 보였다

난 땅 위에 못처럼 박히고 말았다

기적이라고밖에는 달리 표현할 길 없는

장미의 자태에 나는 그만 눈이 멀어버리고 말았다

그러나 장미는 나의 접근을 허락하지 않았다

장미의 칼에 심장을 찔려버린 나는

봄날 내내 피를 흘리며 누워 있어야 했다

유월의 햇살 속에 눈부시게 피어 있는 장미를 볼 때마다

나 지나간 한 사람을 생각한다

자존심을 버리지 못해 쉽게

떠나보낸 한 사람을 생각한다

그때 나는 충분히 그 사람 곁에 있을 수 있었다

지금 나는 충분히 그 사람과 행복할 수 있었다

사랑이란 계산하지 않는 것임을

사랑이란 다른 모든 감정을 초월해서 있는 것임을

나는 언제쯤 가슴으로 깨닫게 될 것인가

유월의 장미를 보고 한숨지으며 돌아서는 내 등 뒤로

붉은 점들이

그토록 아픈 빛깔의 붉은 점들이

꿈처럼 떨어진다

〈장미와 나〉

스물아홉 살 즈음에 내 스무 살의 한 풍경을 생각하면서 쓴 시야.

이십 대의 사랑은 참 많이 아픈 것 같아. 가까이 가서는 안 되는 사람이라는 걸 알면서 가까이 가고, 고백해선 안 될 사랑이라는 걸 알면서 고백하고, 가질 수 없는 사람이라는 걸 알면서 가지려 하고. 그러다가 결국 크게 데이고 말지. 그래, 이십 대엔 사랑의 의미도, 사랑을 하는 법도 잘 몰라. 그러다 보니 제아무리 찬란한 만남이었다 하더라도 결국엔 큰 아픔만 남게 되는 것 같아. 하지만 그 아픔조차도 언젠가는 추억이 돼. 슬프지만 아름다운……. 그리고 때가 되면 알게 되지. 그땐 다만 아픔뿐이었던 사랑이 나를 얼마나 크게 성장시켰는지.

만일 네가 지금 사랑 때문에 아파하고 있다면 이렇게 말해주고 싶어. 마음껏 아파하라고, 그것조차 누군가를 사랑하는 사람만이 가질 수 있는 특권이라고.

시련의 길 끝에는

꿈을 가진 사람에게

무시와 비난, 비웃음과 멸시를

던지는 사람들아

실패와 좌절, 눈물과 한숨을

안기는 세상아

계속 던져라

나에게 계속 안겨라

언제나 그래왔듯이

내게 주어지는 이 모든 악을

오늘도, 내일도

나는

웃는 얼굴로 받아들일 것이니

당신들이 던지는 돌멩이를

내 성실한 땀방울로 씻어

빛난 열매로 바꿀 터이니

비웃으라, 사람들아

핍박하라, 세상이여

나는 내 꿈의 화신이 되어

앞으로, 오직 앞으로만 나아갈 것이니

〈꿈을 가진 사람〉

이 시는 내가 2004년 여름에 쓴 거야.

이 시를 쓰기 며칠 전, 난 여자 친구에게 버림을 받았어. 그녀
는 슬픈 얼굴로 말했지. 나를 사랑하지만 나와 인생을 함께할
수는 없을 것 같다고.

난 담담하게 보내줬어. 내가 생각해도 초등학교 선생님 월급
으로는 원금만 사억 원이 넘고 이자까지 합하면 이십억 원이

넘었던 보증빚을 갚을 길이 없었으니까.[*]

이 시를 썼던 날, 미친 듯이 비가 왔어. 아마도 내 인생에서 가장 힘들었던 날이었을 거야. 1년 4개월 동안 하루에 서너 시간 자면서 쓴 《18시간 몰입의 법칙》이라는 원고를 팔십 번째 출판사로부터 거절받았던 날이었으니까.[**]

난 그날, 우는 대신 이 시를 썼어. 그러고는 아침이 밝아올 때까지 글을 썼어. 내가 독했기보다는, 그러지 않았다면 아마 자살밖에는 달리 할 게 없어서 그랬을 거야. 어쩌면 난 자살할 용기가 없어서 밤새도록 글을 썼는지도 몰라.

꿈을 갖고 분투한 지 십일 년이 넘었던 그날, 내가 세상으로부터 받았던 것은 꿈이 이루어졌다는 소식이 아니라, 여자 친구의 슬픈 이별 통보와 팔십 곳 넘는 출판사들의 거절 통보였지만, 난 변함없이 꿈을 믿었어. 그리고 꿈의 길을 걸었어.

너도 어떤 시련이 닥쳐와도 강하고 뜨겁게 꿈의 길을 가길 바래.

그리고 그 길의 끝에 서 있는 자신을 만나길 바래.

무슨 일이 있어도 끝까지 견디고 끝까지 이겨서 반드시 꿈을 이루길 바래.

언젠가 네가 내게 꿈을 이루었다는 말을 해줬으면 참 좋겠다. 나는 언제나 꿈을 가진 너를 응원해.

* 난 스물한 살 무렵부터 아버지 사업의 보증을 섰어. 처음엔 일천만 원으로 시작했는데, 점점 규모가 불어나 원금만 사억 원에 이르렀지. IMF가 터지면서 이 빚도 같이 터졌고, 사업과 가정이 붕괴됐어. 은행 빚은 전부 신용정보회사로 넘어갔고, 이자에 이자가 붙기 시작했지. 스물일곱 살 때 대충 계산해보니까 원금+이자가 이십 억 원을 훌쩍 뛰어넘더라고. 뭐, 그랬어.

** 원래는 백이십여 곳이야. 난 처음에 이 원고를 사십여 곳의 출판사에 보냈는데 전부 거절을 받았어. 난 원고를 다시 고쳐 쓴 뒤에 다시 팔십 곳의 출판사에 보냈어. 그리고 전부 거절을 받았어. 정말이지 그땐 죽고만 싶었어.

영혼을 다해 믿으면

많은 사람들이 궁금해해.
어떻게 마흔이 넘은 나이에
그토록 아름답고 유명한,
그것도 이십 대인 사람하고
진실한 사랑을 하고
결혼까지 할 수 있었냐고.
비결은 간단해.
난 언제나 그런 사랑을,
그런 결혼을 꿈꾸었어.
그리고 믿었어.

스물아홉 살 12월 31일에도,
서른아홉 살 12월 31일에도
변함없이 믿었어.
그러니까 너도 한번 믿어봐.
네 마음을 다해,
네 영혼을 다해, 믿어봐.

/

걱정하지 마

내 영혼은 나에게 이렇게 말해왔다.

넌 반드시 네 꿈을 이루게 될 거라고.

아니 지금 네가 꾸고 있는 그 꿈보다 백 배 천 배는

대단한 현실과 만나게 될 거라고.

그러니 굴하지 말고 앞으로 나가라고.

지난 십일 년 동안 내 영혼은 나에게 그렇게 말해왔다.

그 목소리가 이제 내게 이렇게 말하고 있다.

때가 되면 완벽한 사람을 만나서 행복하게 잘 살 터이니,

결혼 같은 것 걱정하지 말라고.

그저 네 길을 치열하게 가라고.

내 영혼의 목소리를 나는 믿는다.

．

．

．

이 글은 지금으로부터 약 십이 년 전인 2004년 10월 20일 23시 53분 싸이월드에 올린 거야.

난 내 영혼의 목소리대로 다 이루어졌어.

너도 믿어봐.

세상의 목소리가 아닌 네 내면의 목소리를.

다 이루어질 테니까.

스무 살처럼 평생을

나이가 서른을 조금 넘기니, 이젠 나이에 대한 관념이 나를 억누르려고 해.*

내 안의 또 다른 내가 툭하면 이렇게 면박을 줘.

나이답게 행동해야 하지 않겠냐고.

삼십 대처럼 생각하고 삼십 대처럼 말하고 삼십 대처럼 입고 다녀야 하지 않겠냐고.

그때마다 나는 "웃기는 소리 하지 마!"라고 대답해줘.

신체적인 나잇값을 할 작정이었다면 작가의 길 같은 건 아예 걷지도 않았을 거라고 대답해줘.

그래, 마침내 녀석이 돌아온 거야. 비현실적인 길을 걷고자 하는 나에게 끝없이 현실적인 질문을 던져대는 내 안의 또 다른 내가.

스무 살 때 처음으로 작가의 길을 걷기로 했을 때 녀석은 내게 하루에도 수천 번씩 이런 질문을 던졌어.

"네가 할 수 있다고 생각해?"

얼마나 고통스러웠던지!

밥을 먹을 때도 잠들 때도 쉬지 않고 나를 괴롭혔던 그 질문. 2초에 한 번씩 나를 흔들었던 그 질문.

'나'를 그토록 불신했던 내 안의 또 다른 내가 '나'를 전폭적으로 지지해주는 내 안의 나로 변화하기까지는 무려 십일 년이 넘는 세월이 걸렸어.

한동안 잠잠했던 녀석이 이제 내게 다른 질문을 던져.

매일 아침 깨어날 때마다, 매일 밤 잠들 때마다 영원히 스무 살의 정신으로 살아가겠다고 맹세하는 나에게, 네가 진짜로 그렇게 살 수 있을 것 같냐고, 진지하게 심히 진지하게 물어봐.

천만 번도 넘게 대답해줄 거야.

나는 그렇게 살 수 있다고.

나는 그렇게 살기 위해 태어났다고.

맹세할게.

내 나이 마흔에도 쉰에도, 예순에도, 일흔에도, 여든에도 그리고 죽는 그 순간에도 내 눈빛은 스무 살, 그때의 빛으로 타오르고 있을 거야.

내가 스무 살 때 그렇게 살기로 마음먹었으니까, 난 그렇게 살 거야. 진짜야!

---

* 이 글은 내가 서른 살 때 쓴 거야.

술 취한 너를 보며

오늘 거리에서 문득 이름도 모르는 너를 보았어.

무슨 억울한 일이 그렇게 많았는지

넌 술에 잔뜩 취해서 비틀거리고 있었지.

난 환한 가로등 아래 보기 흉하게 쓰러져 있는 너도 보았고

친구를 붙들고서 꼬인 혀로 하소연하고 있는 너도 보았어.

난 마음속으로 네게 이렇게 물었던 것 같아.

넌 네 꿈에 대해서 그렇게 눈물 흘려본 적 있니?

아직 이루어지지 않은 네 꿈 때문에

화가 나고 슬퍼서 밤거리에 주저앉아 소리를 지르다가

쓰러져본 적 있니?

꿈꾸기조차도 두려워하는 너 자신에게 실망해서

친구에게 밤새도록 하소연해본 적 있니?

이쯤 이야기했으면 너도 짐작할 거라고 생각해.

내가 무슨 말을 하려고 하는지.

난 네가 꿈에 취하길 바래, 술이 아니라.

어쩌겠어, 난 분명 봤는데

난 동화를 참 좋아해.

성남시 빈민가에서 자취했을 때 바비 인형이 여주인공으로 나오는 〈호두까기 인형〉을 비디오로 빌려보고 펑펑 운 적도 있었어. 지금도 힘들 때면 종종 《피노키오》나 《피터 팬》을 읽어.

초등학교 선생님을 했을 때 아이들과 동화를 자주 읽었어. 처음에는 단지 아이들을 위해서 그렇게 했는데 나도 모르게 그 세계에 깊이 빠져들게 됐어. 급기야 나중에는 동화와 현실의 경계가 모호해지는 지경까지 이르게 되었지.

아직도 기억나. 이제 갓 3학년이 된 사십여 명의 아이들을 처음 만났을 때가. 아이들이 오랜만에 친구들을 만났는데 얼마나 신났겠어. 선생님이 있든 말든 서로 수다 떨기에 바쁘지. 몇몇 끼리는 소곤소곤일 수 있어. 하지만 사십여 명의 소곤소곤이란 거의 시장바닥에 준하는 시끌벅적이거든. 결국 난 최후의 카드를 꺼냈어. 난 손나팔을 입에 대고 이렇게 외쳤지.

"청소도구함 옆에 피노키오 있다! 너희들 너무 떠들어서 피노키오 울고 있다!"

그러자 팔십여 개의 별이 일제히 청소도구함을 향했어. 이어 터져 나오는 아이들의 탄성!

"와, 진짜 있다!"

"피노키오다!"

"귀엽다!"

뒤이어 나온 말들.

"피노키오야, 미안해. 이젠 안 떠들게. 그만 울어!"

"넌 울 때는 코가 안 커지는구나! 우리 이제 안 떠들 테니까 그만 울고 거짓말 좀 해봐!"

그때였던 것 같아. 내 정신의 일부분이 동화의 세계로 넘어간 시점이. 난 그 뒤로 교실이나 복도 또는 화단에서 피노키오나 피터 팬을 목격하기 시작했어.

아이들을 하교시키고 교실에 홀로 남아 공문을 작성하다가 문득 이상한 기분을 느껴 창밖을 바라보았더니 허공에 네버랜드로 가는 배가 떠 있었던 적도 있어.

믿기지 않는다고?

그래, 나도 믿기지 않아.

하지만 어쩌겠어.

난 분명 봤는데.

지금 당장 해야 하는 말

내가 오늘 너에 대해서 생각해보았는데 말이지.

"넌 잘될 거야!"

"정말 잘될 거야!"

"심히 잘될 거야!"

"진짜 잘될 거야!"

아니, 이런 말들로는 한참 부족해.

"넌 말이지. 인류 역사가 시작된 이래 너보다 더 잘 풀리는 인생을 산 사람이 없었다는 소리를 듣게 될 거야."

다시 한 번 말해줄게.

"네가 꾸는 꿈은 다 이루어질 거야."

"네가 바라는 소원도 모두 이루어질 거야."

"네가 사랑하는 사람들도 다 잘될 거야."

"네가 만나는 사람들도 모두 잘될 거야."

"넌 복 받았어. 하나님께 엄청난 복을 받았어. 그래서 넌 말이지. 잘돼! 무조건 잘돼!"

자, 여기까지 눈으로 읽었지?

이제 소리 내서 읽어볼까?

두 손을 가슴에 모으고 네 자신에게 씩씩하게 말해줘.

앞에서 내가 네게 해준 이야기들을 그대로 들려줘.

네 두뇌와 심장 속에 각인이 될 때까지 외쳐줘.

"넌 참으로 잘될 거야!"라고.

난 스무 살 지금 이 마음 그대로 평생 살 거야.

내 가슴을 뛰게 하는 것, 오직 그것만 추구하면서 살 거야.

책과 글과 음악과 그림과 자연에 미쳐서 살 거야.

평생 아름답게, 다만 아름답게 살기 위해 모든 노력을 다할 거야.

3

그래,
여행을 떠나는 거야
천천히

눈부시게 빛나는 시간이
시작됐어

스무 살 때 난 내 가슴속에서 솟아오르는 무엇을 위해 살기로 마음먹었어. 당시에 내 가슴은 글에 대한 사랑으로 가득 차 있었기에 난 작가의 길을 가고자 했어. 그런데 난 초등학교 선생님이 되는 공부를 하는 교육대학교를 다니고 있었어. 사실 난 아무 생각 없이 교대를 들어갔어.

그래, 부모님이 원하셨어. 그게 다야. 내가 교대에 들어가게 된 결정적인 이유는.

난 위대한 작가가 되려면 무엇보다 교대를 중퇴해야 한다고 생각했어. 위대한 작가와 교대생은 전혀 어울리지 않는 무엇 같았거든. 난 학교를 때려치우고 산에 들어가기로 결심했어.

산속에서 몇 년 동안 혼자 살면서 몇천 권의 책을 읽으리라, 그리고 원 없이 글을 쓰리라, 이렇게 마음먹었지.

아버지에게 학교를 그만 다니겠다고 말씀드렸어. 아버지가 황당해하면서 물으시더군.

"그럼 뭘 할 거니, 군대라도 갈 거니?"

나는 씩씩하게 외쳤어.

"아니요. 산에 들어가서 작가 수업을 하려고 합니다."

아버지는 말없이 일어나시더니 방을 나가셨어. 다시 방에 들어오신 아버지의 손에는 빗자루가 들려 있었어. 잠시 후 빗자루가 공중에서 춤을 추기 시작하더니 빛처럼 빠른 속도로 내 몸과 접촉하기 시작했어. 그것은 내 입에서 "아부지이이이, 잘못했어요오오."라는 말이 나올 때까지 계속됐어. 다음 날 나는 학교에서 수업을 듣고 있었어.

난 비록 꿈을 위해 학교를 때려치우지는 못했지만, 내 가슴속에서 솟아오르던 그 꿈에서 눈길을 돌려본 적이 단 한 번도 없었어.

난 말이야. 그 꿈 때문에 많은 사람들에게 손가락질을 받았어. 그들은 말했지. 넌 절대로 안 된다고. 그만 정신 차리라고.

그런데 그렇게 손가락질을 했던 그 사람들이 지금은 나에게 박수를 쳐주고 있어.

난 네게 권하고 싶어. 이십 대엔 네 가슴속에서 솟아오르는 무엇을 위해 살아보라고.

인생 짧잖아. 한 번뿐이잖아. 이십 대는 고작 십 년밖에 안 되잖아. 그 십 년 만이라도 네 안의 뜨거운 꿈을 위해서 살아본다면 그것은 멋있는 일이잖아. 평생 뿌듯하게 기억할 수 있는 자랑스러운 추억이 될 수 있잖아.

고작 스펙 따위에, 고작 취업 따위에 목숨 걸면서 살기에는 네 이십 대는 너무나도 눈부시게 빛나고 있다는 사실, 알고는 있는 거니?

행운 예감

"오늘 나에게 거대한 행운이 다가올 것이다."

이 말을 누가 했는지 아니?

빌 게이츠야. 어느 책에서 읽은 이야기에 따르면 빌 게이츠는 이십 대 시절, 매일 아침마다 거울을 보면서 스스로에게 이렇게 말해주었다고 해.

난 빌 게이츠를 보면서 늘 자문했어. 한때 평범하기 그지없었던 그가 어떻게 세계 최고의 성공을 할 수 있었을까?

내가 찾은 답은 이거야. 빌 게이츠는 단 하루도 거대한 행운을 꿈꾸지 않은 날이 없었고, 마침내 자신의 믿음대로 거대한 행운을 만나게 되었던 거라고.

네가 지금껏 거대한 행운을 만나지 못했던 것은 어쩌면 거대한 행운을 간절하게 꿈꾸었던 순간이 단 한 번도 없었기 때문은 아닐까?

난 네가 매일 아침 눈을 뜨자마자 거대한 행운을 만날 예감에 몸서리치는 그런 사람이 되길 바래.

어디를 가든 누구를 만나든 그 장소와 그 만남 뒤에 숨어 있을지도 모를 거대한 행운과 조우하러 간다고 믿는 그런 사람이 되길 바래.

매일 잠들 때마다 곧 만나게 될 거대한 행운에 대한 예감 때문에 쉬이 잠들지 못하는 그런 사람이 되기를 바래.

갑자기 괴테의 명언이 생각나는군.

"꿈꿀 수 있다면 이룰 수 있다."

넌 지금 무엇을 꿈꾸고 있니?

행복 프로젝트

난 해외 빈민촌에 학교를 지어주는 프로젝트를 하고 있어.

2011년 처음으로 캄보디아에 학교를 지었지. 이후 필리핀, 짐바브웨, 인도, 베트남, 라오스, 인도네시아, 시리아 난민촌, 차드, 탄자니아 등에 열여덟 개 넘는 학교와 병원과 교회를 지었어.

난 앞으로 백 개국에 백 개 넘는 학교와 병원을 세울 거야.

왜 이런 프로젝트를 진행하냐고? 이유는 간단해. 내 가슴을 뛰게 하니까. 나를 기쁘게 하니까. 나를 행복하게 하니까.

난 네가 이 프로젝트에 함께했으면 좋겠어. 함께 학교를 짓고, 함께 봉사하고, 함께 밥을 먹고, 함께 실컷 놀고, 함께 활짝 웃고……

내가 처음 흔들렸을 때

풀들도 숱한 떨림이 있고 난 후

꽃을 피우고

별들도 타버릴 듯 흔들리며

빛을 발하나니

아, 오히려 찬란한 고뇌여

나 너를 자랑스러워하리니

사람에 의해 뿌려져

사람에 의해 길러져

사람을 위해 꽃피우는

풀보다는

차라리 짓밟혀 버림받는

이름 없는 들풀로

<u>스스로</u>에게 주어진 길을 노래하리라

〈서시〉

이 시는 내가 스무 살 3월에 지은 거야. 당시에 나는 고통스
럽게 흔들리고 있었어. 초등학교 교사의 길을 버리고 작가의
길을 간다는 것, 우리나라에서 쉬운 일은 아니잖아. 아니 거의
미친 짓이지.

우리나라 작가 평균 연봉이 230만 원 정도라고 해. 월급을
이야기한 게 아니야. 연봉이야. 내가 스무 살이던 시절엔 더 심
했어. 그땐 정말이지 작가가 된다는 것은 거지가 된다는 것과
마찬가지였어.

그래서 나도 참 힘들었어. 하지만 그렇다고 내 가슴속 깊은 곳에서 들려오는 꿈의 속삭임을 외면할 수는 없었어. 그건 내가 진실로 살고 싶은 삶이었으니까.

난 흔들릴 때마다 시를 썼어. 이 시는 내가 처음 흔들렸을 때 쓴 거야.

생각하면 난 참 무모했던 것 같아. 흔들렸다는 것은 그만큼 불안했다는 의미고, 불안했다는 것은 그만큼 능력이 없었다는 소리잖아. 그럼 깔끔하게 포기하는 게 맞잖아. 그게 현명한 거잖아.

하지만 난 참 바보 같았어. 난 그저 믿었어. '넌 할 수 있다!' 는 내 마음 깊은 곳의 소리를. 그러다 보니 여기까지 오게 된 것 같아.

난 앞으로도 믿을 거야, 내 마음속의 소리를, 바보처럼.

난 이미 경험했거든. 오래도록 잘못된 선택인 것 같아 보이지만, 마음속의 꿈을 따라가는 사람은 언젠가는 별처럼 빛난다는 걸 말이야.

난 별처럼 빛나는 삶을 살고 싶어.

언제나, 언제까지나.

/

가끔은 우울해져도 괜찮아

난 우울증을 이렇게 생각해.

내가 인간이라는 사실을 알려주는

여러 증거들 중 하나일 뿐이라고.

만일 네가 나처럼 가끔 우울해지는 스타일이라면

그때마다 그냥 웃어넘겼으면 좋겠어.

넌 신도, 천사도, 악마도, 동물도, 무생물도 아니잖아.

넌 인간이잖아.

그렇기 때문에 넌 가끔 우울해질 수 있는 거야.

그러니까 마음 편하게 가졌으면 좋겠어.

이십 대만의 특권

미칠 것 같은 불안감-

터질 것 같은 가슴-

어딘가에 총이라도 쏘고 싶고-

누군가에게 흠씬 두들겨 맞고 싶은-

그런 감정들이 쉬지 않고 가슴을 침범하던 이십 대 시절.

내가 가장 부러워했던 존재는 아마존의 어느 깊은 밀림에서 있는 듯 없는 듯 살아가고 있을 돌멩이들이었어.

"돌멩이처럼 살다가 돌멩이처럼 가고 싶다."

당시 나의 가장 큰 소망 중 하나였지.

'마음'이라는 게 너무 힘들어서 '마음' 없이 살고 싶었다고나 할까.

그래서 이십 대엔 장자莊子를 참 좋아했어.

허무주의에 깊이 빠져들기도 했고.

때로는 이 망할 지구에 휘발유를 들이붓고는 불을 질러서 없애버리고도 싶었어.

그 정도로 지구와 인간이 싫었어.

그리고 그런 악마 같은 생각을 하고 있는 내가 또 싫었어.

지금은 이해해.

그때의 그 미친 감정들이 이십 대만의 특권이었다는 사실을.

그때 나를 그토록 힘들게 했던 그 모든 것들 또한 이십 대만의 특권이었음을.

인. 정. 해.

이십 대로 가는 길

많은 이십 대가 십 대 시절의 사고방식으로 살아가고 있어. 그 결과 십 대처럼 살고 있어. 난 십 대의 사고방식이란 대표적으로 다음과 같은 것이라고 생각해.

- 부모님이나 교수님 또는 친구들의 기대에 맞춰 살려고 함.
- 나와 비슷하게 살고 있는 무리들 속에 묻혀서 적당히 열심히, 적당히 사교적으로, 적당히 모나지 않게 살고자 함.
- 고등학교 공부의 또 다른 형태에 불과한 스펙을 쌓는 것 말고는 달리 하는 공부가 없음.
- 생활에 필요한 돈을 부모로부터 받는 걸 당연하게 생각함.

아인슈타인은 말했어.

"어제와 똑같이 살면서 다른 미래를 기대하는 건 정신병 초기 증세다!"

만일 네가 십 대 시절의 사고방식에서 아직 벗어나지 못했다면 넌 십 대처럼 살고 있을 테고, 십 대처럼 인간관계를 맺고 있을 거야.

나는 단언하고 싶어.

만일 네가 십 대 시절의 사고방식, 행동방식, 인간관계를 반복하고 있으면서 언젠가는 대단한 사람이 될 거라고 생각하고 있다면 그건 정신병 초기 증세라고.

이십 대라면, 이십 대처럼 살길 바래.

부모님과 교수님과 친구들에게 강렬한 도전을 던져주는 그런 생각을 하고, 그런 말을 하고, 그런 행동을 하길 바래.

너와는 비교도 되지 않을 엄청난 삶을 살고 있는 성공한 자들의 세계로 뛰어들어 그들로부터 온몸이 바들바들 떨릴 정도로 무시도 받아보고, 자극도 받아보길 바래. 그리고 그들과 어깨를 나란히 하면서 치열하게 경쟁하길 바래.

최고의 스펙, 그런 것은 프로의 세계에선 아무것도 아니야.

난 말하고 싶어.

네가 진짜로 쌓아야 하는 것은 스펙이 아니라 사회의 핵으로 활동하고 있는 사람들이 가진 내공이라고.

난 네가 이십 대에 사회의 핵을 향해 빛처럼 날아갔으면 좋겠어.

정말 두려워해야 하는 것은

대학생이었던 시절, 난 학교를 가지 않는 날이 참 많았어.

친구들이 스쿨버스를 타고 강의를 들으러 갈 때 난 시외버스를 타고 내 자신을 만나러 가곤 했어.

시외버스 종점에 내리면 산이나 들 또는 샛강이 있었지.

나를 이상하게 바라보는 사람들을 찾아볼 수 없는, 오직 새들과 나무들과 물고기들만이 있는.

난 산과 들을 헤매면서, 샛강을 따라 걸으면서 시를 썼어.

난 교과서보다는 자연을 읽는 게, 강의 필기보다는 시를 쓰는 게, 친구들을 만나는 것보다는 내 자신을 만나는 게, 학교 도서관에서 시험공부를 하는 것보다는 샛강에서 해가 지는 하늘을 바라보는 게 더 중요하다고 생각했거든.

그러다 보니 필연적으로 비웃음을 받았고, 무시를 받았고, 따돌림까지 받게 되었지. 덕분에 난 언제나 혼자였고, 언제나 마음이 아팠고, 언제나 한숨이 나왔고, 언제나 눈물이 나왔어.

하지만 세상 사람들의 관점대로 사는 대신 거의 완벽에 가까울 정도로 내가 살고 싶은 대로 살았기 때문에 이십 대를 돌아보면 거의 후회가 없어.

넌 어떻게 살고 있니? 혹시나 주류 세계에서 소외당하는 게 두려운 나머지 네 자신을 속이면서 살고 있지는 않니?

그. 러. 지. 마.

학점도, 친구들도, 부모님도 중요하지만 그보다 더 중요한 것은 네 자신이니까.

세상의 기준에 맞춰서 사는 인생은 언제나 후회를 남기지만 자신의 기준에 맞춰서 사는 인생은 최소한 후회는 없어.

난 네가 네 뜨거운 가슴으로 살길 원해.

혹시 아직도 깨닫지 못하고 있는 것은 아니겠지?

네 가슴속에 흐르는 피가 뜨거운 이유를.

너한테 뜨겁게 살라고, 그토록 뜨겁게 흐르고 있는 거야.

스무 살에 이미 시작된 성공

난 생각해.

내 성공은 내 나이 스무 살 때 시작되었다고.

백일장 대회 한 번 나가본 적 없던 내가

모두가 "넌 안 돼! 정신 차려!"라고 충고하는데도

실제로 출판사들의 원고 거절 통지서가 쇄도하는데도

내 안의 빛나는 꿈을 믿고서

"그럼에도 불구하고 나는 끝까지 내 길을 가리라."

맹세했던 그 순간, 이미 성공했던 거라고.

난 또 생각해.

아무도 인정해주지 않았던

무시무시한 눈물의 세월 동안

단 한 번도 꿈을 포기하지 않았던

그 모든 나날들이 진정한 성공의 날들이었다고.

세상이 인정해주는 성공도 귀한 거야.

하지만 그보다 더 빛나고 귀한 성공이 바로 내면의 성공이야.

난 네게 이 말을 해주고 싶어.

네 안의 꿈을 믿고 나가는 순간

넌 이미 성공한 사람이라고.

모두 이루어질 거야

난 스무 살 때 도서관을 만났어. 아니 정확하게 말하면 책을 만났어. 난 그때부터 수업을 들어가지 않았어. 대신 수명이 다된 낡은 책장들로 가득한 도서관 깊은 곳에 숨어서 황홀한 눈으로 책을 읽었어.

책을 한두 권 읽고 나오면 어느덧 오후 수업이 끝나 있었고, 캠퍼스 가득 저녁 방송이 울리고 있었어. 그리고 하늘엔 이 세상 것이 아닌 것 같은 아름다움을 품은 노을이 걸려 있었어.

책을 만나고 나에겐 작은 버릇이 하나 생겼어.

"난 스무 살 지금 이 마음 그대로 평생 살 거야. 내 가슴을 뛰게 하는 것, 오직 그것만 추구하면서 살 거야. 책과 글과 음악과 그림과 자연에 미쳐서 살 거야. 평생 아름답게, 다만 아름답게 살기 위해 모든 노력을 다할 거야. 어떤 방해, 어떤 장애물, 어떤 실패 앞에서도 지금 이 마음을 지킬 거야."라고 중얼거리는.

그래, 난 하루에도 수백 수천 번씩 내 소망을 중얼거렸어.

인디안 속담에 따르면, 일만 번 이상 진심을 담아서 한 말은 반드시 이루어진다잖아. 내가 그랬어. 스무 살 때 일만 번 넘게 했던 위의 말들, 다 이루어졌거든.

난 지금도 매일 나 자신과 약속을 해. 스무 살 그때 그 마음으로 남은 평생을 살자고. 물질보다는 정신, 현재보다는 미래를 추구하면서 살자고. 내 가슴을 설레게 하고, 내 온 존재를 황홀한 기쁨에 젖게 하는 그런 일만 하자고. 비록 내 이런 간절한 마음과 다른 현실이 펼쳐지더라도 좌절하지 말자고, 오히려 더 뜨겁게 타오르자고. 내 꿈을 가로막는 세상을 내 영혼의 불꽃으로 녹여버리자고.

난 믿어. 이 말들이 다 이루어질 것을.

·

·

·

네가 만나게 될 미래는,

스펙이라든가 부모님 재산 같은 것에 있지 않아.

네 마음속에 있어.

넌 매일 매 순간 스스로에게 무슨 말을 들려주고 있니?

내가 예언 하나 할게.

네가 스스로에게 하는 말들이 모두 이루어질 거야.

부디 네 마음속 말들이 빛나고 아름다운 것들이기를.

꿈을 위한 기적의 시간

진실로 마음을 하나로 모으면 하루 0시간 수면도 가능해.

어떻게 그런 일이 가능하냐고?

아직 경험해보지 못했다면 그렇게 묻지 마. 그건 가르쳐줄 수 있는 게 아니니까. 그건 몸으로 체험하는 경지니까. 사랑하는 사람과의 키스가 그러하듯이.

0시간 수면하고 나면 다음 날 초죽음이 될 것 같지?

천만의 말씀이야. 가슴속에서 사람을 엄청 설레게 만드는 뭔가가 밑도 끝도 없이 쏟아져 나와서 온종일 몸이 날아갈 것만 같은 기분만 느껴. 심지어는 발을 조금만 높이 들면 그대로 구름 위로 쑥 날아올라갈 것만 같아서 발걸음조차 조심하게 돼.

어떻게 하면 그런 경지에 도달할 수 있냐고?

마음이 중요한 것 같아. 그런 경지에 도달하기를 간절히 바라는 마음 말이야. 그러면 의학이나 과학으로는 설명할 수 없는 어떤 기적적인 힘이 생겨.

잠을 파격적으로 줄이는 방법을 가르쳐주는 책에 나오는 테크닉들은 효과가 제법 크지만 단점이 있는 것 같아. 얼굴이 늙어버리는.

하지만 진실로 마음을 모아서 도달하게 되는 그 경지는 전혀 달라. 도리어 얼굴이 젊어질 수 있어.

하루 0시간 수면은 하루 이틀이면 모를까 자주 반복하다 보면 건강에 큰 무리를 줄 수도 있으니 난 네게 하루 4시간 수면을 추천하고 싶어. 그럼 넌 하루 20시간을 네 미래를 위해서 쓸 수 있겠지. 아니 2시간은 식사 등을 해야 하니까 하루 18시간을 쓸 수 있을 거야.

이십 대의 십 년을 그렇게 살라는 이야기가 아냐.

난 딱 3년만 그렇게 살아보라고 말하고 싶어. 물론 건강 상태를 봐가면서.

'1만 시간의 법칙'이라고 들어보았지? 1만 시간 동안 노력하면 누구나 자기 분야의 전문가가 될 수 있다는. '하루 18시간 ×3년=1만 9천 7백 10시간'이야. 어때, 감이 오지? 내가 왜 3년 동안 4시간만 자보라고 하는지.

3(4)시간 수면법은 세상의 성공한 모든 사람들이 지키는 성공의 법칙이기도 해. 여기에 대해서는 내 다른 책《18시간 몰입의 법칙》을 참고하길 바래.

난 네게 말하고 싶어. 만일 네가 앞으로 3년 동안 하루 18시간씩 일한다면 넌 3년 뒤에 '성공한 사람'이라는 말을 듣게 될 거라고.

난 네가 꿈을 위해, 미래를 위해 하루 18시간씩 불사를 수 있는 그런 강한 사람이 되었으면 좋겠어.

우연히 사고방식 vs 선택의 사고방식

나의 이십 대는 아버지와의 전쟁으로 가득 찬 시기였어. 나의 직업관, 결혼관, 인생관, 미래관은 아버지의 그것과는 너무 큰 거리가 있었어.

아버지와 나는 서로의 다름을 인정할 줄 몰랐기에, 툭하면 서로 싸웠어. 그건 참으로 고통스러운 일이었어.

왜 하필 이런 아버지를 만나게 되었을까, 왜 하필 이런 집에 태어났을까, 지금 생각하면 참 부끄럽지만 아버지와 한바탕 싸우고 날 때마다 내 마음속에선 그런 생각이 불끈불끈 솟아오르곤 했어. 그리고 그 후유증으로 적게는 일주일, 많게는 한 달씩 힘들어하곤 했어.

스물여덟 살 때쯤이었을 거야. 어느 날, 난 전봇대에 머리를 세게 부딪치게 되었어. 심한 통증으로 인해 몇 시간 가까이 누워 있어야 했을 정도였지. 그때 난 찰나적으로 세상에 태어나기 전의 일을 기억하게 되었어.

태어나기 전의 나는 천국에서 안절부절못하고 있었어. 난 뭔가 엄청난 잘못을 저질렀는데 그 벌로 일만 년 동안 외딴 별로 유배되거나 지구에 태어나서 좋은 일을 하거나 둘 중 하나를 선택해야 했어. 그런데 지구에 태어나는 게 내 맘대로 할 수 있는 게 아니었어. 부부라는 연으로 맺어진 두 사람의 영혼으로부터 선택을 받아야만 가능한 일이었어. 그런데 어떤 부부도 나를 선택하지 않았어. 난 너무 고통스러운 나머지 가슴만 쥐어뜯고 있었어.

그때였어. 지구 어느 쪽, 그러니까 한국이라고 불리는 나라에서 표현이 불가능할 정도로 맑고 밝고 따뜻한 빛이 솟아오르더니 나를 향해 날아오는 것 아니겠어. 그 빛은 이제 막 부부의 연을 맺은 두 사람의 영혼이 나에게 보낸 초대장이었이.

"살았다!"

나는 이렇게 외치면서 하나님께 달려갔어. 그러고는 자랑스럽게 말씀드렸어.

"저, 초대 받았어요. 얼른 지구로 보내주세요!"

잠시 후 나는 하나님의 활에 올라탔어. 이어 하나님의 손이 시위를 떠났고 난 기적처럼 지구를 향해 날아갔어.

이 깨달음이 있고 난 후, 내 마음은 많이 편해졌어. 아버지를 향한 내 감정은 애증이 섞인 것이었는데 거기서 미움이 다 빠져나가고 사랑만 남았다고나 할까. 아버지도 날 간절하게 선택했지만 나도 아버지를 간절하게 선택해서 태어났다고 생각하니까 미워할 일이 없더라고. 사랑에 사랑만 가득해지지.

세상에는 두 가지 사고방식이 존재한다고 나는 생각해.

'우연히 사고방식'과 '선택의 사고방식'이라는.

'우연히 사고방식'은 자신에게 주어지는 모든 것이 우연히 생겨났다고 믿어. 왜 하필 이런 일이 일어난 거야, 왜 하필 이런 사람을 만났을까, 이렇게 생각하게 만들지.

'선택의 사고방식'은 모든 것을 내가 미리 선택했다고 믿어. 이 일에 어떤 의미가 있을까, 이 사람과의 만남에 어떤 귀한 뜻이 숨어 있을까, 이렇게 생각하게 만들지.

어떤 사고방식을 선택하느냐는 네 자유야. 하지만 네가 만일 나처럼 머리를 세게 부딪치게 된다면, 하여 태어나기 전의 일을 기억할 수 있게 된다면 넌 나처럼 '선택의 사고방식'을 갖게 될 거라고 생각해.

네버랜드

딸기 케이크 평원 위를 피터 팬과 함께 날고 싶은 밤.

상상만으로도 어마어마한 흥분이!

그 평원 위에서 빨간 장화 신은 고양이와 후크 선장이

매일 결투를 한다지.

가위, 바위, 보 결투!

초등학교 교사 시절에 자주 목격했던 네버랜드로 가는 배는

잘 있나 모르겠다.

행복과 불행의 기준

삶을 현명하게 살아가기 위해서는

행복과 불행에 대한 두 가지 기준이 필요하다고 생각해.

난 행복은 절대평가를 해.

기분 좋은 느낌, 기쁜 일, 마음 편안한 상태 등등

나에게 좋은 감정을 줄 수 있는 모든 것을

나는 행복이라고 생각해.

그리고 그 행복은 보통 100점 만점이야.

그 이상 더 높은 점수란 있을 수 없어.

즉 내가 행복하다고 느끼는 순간

이 지구상에 나보다 더 행복한 사람은 있을 수 없어.

난 불행은 상대평가를 해.

나에게 슬픈 일, 아픈 일, 기분 나쁜 일 등등

좋지 않은 일이 일어났을 때

나는 내 안의 부정적인 감정에 100점을 주지 않아.

나는 전 지구적으로 놓고 상대적으로 평가를 해봐.

예를 들어 내가 과거에 아무리 힘든 일을 겪었다고 하더라도

그리고 지금 아무리 마음이 아프더라도

그걸 북한의 어린이들이나 아프리카의 어린이들에 비한다면

그걸 고통이라고 할 수 있을까?

백 번을 다시 생각해보아도

나의 고통은 감정의 사치에 불과할 거야.

이런 단순한 비교만으로 나의 고통은

100점에서 순식간에 10점, 0점으로 내려가.

행복은 절대평가, 불행은 상대평가라는

이 두 기준이 나를 행복하게 해.

너도 나의 평가 방법을 참고했으면 좋겠어.

지금이라도

어쩌면 넌, 넌 말이야.

자신이 어떤 미래를 원하는지조차 모르기에

이토록 아프게 방황하고 있는 것은 아닐까?

지금이라도 마음속으로 그림을 그려봐.

네가 만나고 싶은 미래의 그림을 말이야.

행복, 그거 별것 아냐

하루에 한 번이라도
그냥 한 번 하늘 보고
씩 웃을 수 있다면
그걸로 된 거잖아.
그럴 수 있다면
내 인생도 멋진 거라고.
행복한 거라고.

"감사합니다." "고맙습니다." "행복합니다."

무명작가 시절 내 초라한 빈민가 자취방 벽에는 위 세 문장을 코팅한 종이가 붙어 있었어.

감사할 일도, 고마운 일도, 행복한 일도 전혀 없었지만 바로 그러한 때에

감사해야, 고마워해야, 행복해해야 기적이 찾아온다고 수많은 책에서 배웠기 때문이야.

4

지금보다 더
빛나는
별을 향해

가장 위대한 일

나는 생각해.

평범한 한 사람이

평범하지 않은 하루를 보내기 위해 노력하는 것.

그것이야말로 가장 위대한 일이라고.

너 알고 있니?

난 말이야. 지구가 너무 싫었어. 내가 인간이라는 사실도 참 감당하기 힘든 슬픔이었지.

'왜 하필 인간으로 태어났을까. 기왕이면 AD 3세기 브라질의 어느 깊은 밀림의 나무 한 그루로 태어났으면 얼마나 좋았을까. 그럼 인간으로 사는 슬픔은 없었을 텐데. 내 이마에 뿔이 자랐으면 좋겠어. 모든 악을 물리칠 수 있는. 내 등에 날개가 돋아났으면 좋겠어. 우주를 여행할 수 있는. 지구를 떠나고 싶어. 이 우주 어딘가에 있을 슬픔도 아픔도 죽음도 없는 그런 세계로 날아가고 싶어. 인간도 악마도 천사도 하나님도 없는 세계, 무의 세계, 아니 무 자체도 없는 그런 세계로 날아가고 싶어.'

난 이십 대 시절 거의 매일 이런 생각을 하곤 했어. 그러고는 엉뚱하게도 하나님께 기도하곤 했어. 내 소원을 들어달라고.

하지만 아무리 기도해도 소원은 이루어지지 않았지. 이마에서 뿔이 자라지도, 등에서 날개가 돋아나지도 않았어.

그러던 어느 날이었어. 난 우연히 별에 관해 쓰인 책을 읽게 되었어. 거기엔 이렇게 쓰여 있었어.

"핵물리학의 발견에 따르면 인간의 육체 중 98%는 별과 같은 물질로 이루어져 있다."

이 구절을 읽는 순간 우주 저편에서 별 하나가 날아와 내 이마에 박히는 것 같았어.

생각해봐. 지구는 별이잖아. 더러운 세상이 아니라. 그리고 우리는 지금 별에서 살고 있잖아. 매일 별을 밟고, 별을 보고, 별을 느끼고 있잖아. 이 깨달음이 있고 난 뒤 나는 많이 행복해졌어.

언젠가 우리들은 죽게 되겠지. 아무리 예쁜 얼굴을 가졌다고 해도, 아무리 못생긴 얼굴을 가졌다고 해도, 아무리 크게 성공한다고 해도, 아무리 더럽게 실패한다고 해도, 결국 우리는 모두가 죽어. 그건 참으로 끔찍하고 비참하고 고통스런 일이야.

하지만 죽음을 별의 관점에서 바라보면 "별에서 태어나 별을 밟고 살다 별 위에서 생을 마치노라." 이렇게 돼. 우아, 이건 너무 아름다운 이야기야.

너 알고 있니?

네가 매일 별 위에서 살아가고 있다는 사실을.

그리고 네가 별 자체라는 사실을.

지구에 던져진 돌멩이 하나 같을 때

누구나 그렇듯이, 나에게도 거대한 슬픔과 고통이 있는데, 그것들이 한 번씩 내 존재를 뒤덮을 때가 있어.

그땐 정말이지, 견디는 것 말고는 달리 할 일이 없는데, 그게 정말이지 말로 표현할 수 없을 정도로 괴롭고 답답한데.

오늘, 그것들이 왔어.

내 내면의 문을, 노크도 없이 열고 들어와서, 자리를 깔고 털썩 앉았어.

마치 자기들이 내 내면의 방의 주인이라도 된 듯이 말이야.

오늘 지하철을 타고 어디론가 이동하고 있었는데, 갑자기 눈물이 왈칵 치밀어 올랐어. 도대체 이 삶을 언제까지 견뎌야 하는 건지, 그런 끔찍한 생각에, 난 잠시 정신을 잃을 정도로 고통스러웠어.

"인간의 삶은 무엇인가?"

"왜 나는 이 망할 지구에 태어나서 이 더 망할 육체를 다만 견디어야 한다는 말인가?"

"진짜로 내가 선택해서 태어난 게 맞는 건가? 난 그렇게 믿고 있는데, 그런데 만일 그게 아니라면, 그냥 돌멩이가 던져지듯이 그렇게 지구에 던져진 거라면, 난 앞으로 어떻게 살아가야 한다는 말인가?"

이런 생각들로, 난 심히 괴로웠어.

난 감수성이 풍부한 걸까, 그냥 생각이 많은 걸까, 아니면 정신적으로 문제가 있는 걸까, 그것도 아니면 다른 영혼을 가지고 있는 걸까.

하나님께 왜냐고 수없이 물어봐도 그분은 대답하지 않으셔.

하나님께 왜 답이 없냐고 수없이 불평하고 원망해도 그분은 반응이 없으셔.

대신 나를 잠재우시더군.

오늘도 그랬어. 잠깐 자고 일어나니 마음이 많이 편안해졌어. 그리고 다시 살아갈 힘이 생겼어.

언제 또 그것들이 내 내면에 찾아올까? 싫지만, 정말 싫지만 그땐 또 그냥 견뎌야겠지.

오늘처럼 마음을, 육체를, 삶을, 지구라는 행성을 고통스러워하면서, 도대체 언제까지 이런 바보 같은 삶을 지속해야 하냐며 불평하고 원망하다가, 하나님께 화를 내고, 짜증을 내다가, 하나님께서 주시는 잠에 빠져들겠지.

아, 어쩌면 그게 바로 삶 자체일 수도 있겠구나.

그래, 그럴 수 있겠구나.

이만할게.

자꾸 이상한 말을 하다 보니 정신까지 이상해지는 것 같아.

이만 펜을 던지고 산책을 나가려고 해.

신선한 공기를 마음껏 들이마시다 보면 기분이 한결 나아지겠지.

스무 살
절대 지지 않기를

통상적으로 이십 대의 십 년을 젊은 날이라고 해.

내 이십 대의 십 년을 한마디로 표현하라면

"고통."

좀 더 노골적으로 표현하면

"더러운 고통."

"끔찍한 고통."

"잔혹한 고통."

내 이십 대의 하루하루는 마치 깨진 유리조각으로 가득한 황금빛 길을 맨발로 걷는 것과 비슷했어. 덕분에 난 단 하루도 행복한 날이 없었지. 십 년 동안 난 진짜로 단 하루도 행복하지 않았어.

하지만 난 늘 노력했어. 웃으려고. 웃어야 복이 온다고 하잖아. 그래서 웃었어. 마음속으로는 울고 있었지만.

스물여덟 살 때였나.

아이들을 보내고 교실에 혼자 앉아 있는데 갑자기 내 자신이 너무 비참하고 초라하고 슬프고 우울하고 암담해서 어쩔 줄을 모르겠는 거야. 순간 말로 표현할 수 없는 공포가 내 마음을 사로잡았어. 이렇게 계속 있다가는 절대로 하지 말아야 할 어떤 무서운 짓을 저지르고 말겠다는 그런 감이 왔다고나 할까. 그래서 나는 감옥을 탈출하는 죄수처럼 학교 밖으로 뛰쳐나갔어. 그러고는 미친놈처럼 히죽거리면서 거리를 걸었어.

"난 행복하다!"

"난 내가 행복해지겠다고 마음먹은 만큼 행복해질 수 있다!"

"난 세상에서 가장 행복해지겠다고 마음먹었다. 때문에 난 세상에서 가장 행복하다!"

이런 말을 중얼거리면서, 난 계속 웃었어. 진짜로 행복이 찾아올 때까지. 물론 행복은 찾아오지 않았어. 마음이 진정되었을 뿐.

내 이십 대의 아주 많은 날을 이렇게 보냈어. 그래도 견디니까, 끝까지 참고 견디니까, 좋은 날이 오더라고.

난 네가 어떤 상황에 처해 있는지 몰라.

만일 네가 이십 대 시절의 나처럼 살고 있다면 네게 해주고 싶은 말이 있어.

끝까지 견디면서 앞으로 나가.

네 안의 부정적인 마음들에게 절대로 지지 마. 끝까지 싸워.

그러면 언젠가 좋은 날을 만나게 될 거야.

반드시 밝고 따뜻한 햇살을 보게 될 거야.

이야기 마흔셋

살기 위해 믿었어,
희망을!

자기 자신을 이기는 자가 가장 용감한 자라는 말을 들은 적이 있어. 그런데 난 이 말에 동의하지 않아. 가족이나 주변 사람들을 이기는 게 자기 자신을 이기는 것보다 훨씬 어렵고 힘들다는 걸, 늘 경험하고 있기 때문이지.

내 개인적 경험에 비추어보면, 자기 자신은 얼마든지 변화시킬 수 있어. 그런데 가족이나 주변 사람들은 거의 불가능해.

이십 대 시절, 난 내 꿈을 믿지 않는 가족 때문에 늘 힘들었어. 그리고 내 꿈을 비웃고 무시하는 주변 사람들에게 상처를 참 많이 받았어. 그들이 아무 생각 없이 내뱉는, 나를 향한 부정적인 말을 들을 때마다, 더러운 진흙탕 속에 처박히는 것 같았어. 그땐 내 두 눈에 진흙이 가득 차서, 가슴속의 별조차 볼 수 없었지.

하지만 그래도 결국은 나의 내면 깊숙이에서 들려오는 희망의 소리를 붙들었어.

'너는 할 수 있다!'라는.

내가 대단해서 그랬던 게 아냐. 마음속의 희망이라도 붙들지 않으면 죽는 것 말고는 달리 방법이 없었으니까.

한마디로 난 살기 위해 희망을 믿었던 거야.

날개를 펴고 날아가던 시간들

살아 있는 것들은 왜 하나같이

자기 몫의 슬픔을 끌어안아야 하는가

커가면서 슬픔에 대해 알게 되었네

산다는 것은

자기 몫의 슬픔을 조금씩 늘려가는 것

웃고 있는 사람들에게조차 슬픔은 있었네

행복하다고 말하는 사람들조차

자기만의 공간에서는 서럽게 울고 있었네

왜 슬픔은 숙명처럼 생명 속에 존재하는가

신조차도 육체 안에 있었을 땐

나무 위에 처참하게 매달렸듯이

살을 벗기 전엔 슬픔 또한 벗을 수 없다고

녹슨 핀에 꽂혀 꿈틀대는

실험실의 황금잠자리처럼

절망의 심연 속을 퍼덕거리던 내게

달팽이는 말했네

껍질은 그냥 짊어지고 가면 된다고

〈달팽이에 관한 명상〉

이십 대의 어느 날에 쓴 시야. 그때 난 지독한 아픔과 고통 속에서 퍼덕이고 있었지. 그 어느 날 이 시가 불현듯 내 안에서 솟아나왔어. 난 오 분도 안 되는 시간에 받아 적었지.

나의 이십 대는, 단 하루도 편안한 날이 없었어.

난 왜 그렇게 힘들었던 걸까, 묻고 싶진 않아. 그냥, 내가 감당해야 할 아픔이었다고 생각하니까. 누구나, 짊어져야 할 슬픔 또는 고통 같은 것.

오늘 대학 시절로 되돌아간 꿈을 꾸었어. 정말 잔인하고 우울했어. 그 꿈을 차근차근 되새기며, 좋게 해석할 근거를 찾으며, 도서관을 향해 걸어오는 동안 난 문득 이런 생각을 했어.

"하나님께서는 날개를 가진 사람만 벼랑 끝으로 몬다. 왜냐하면, 벼랑 끝으로 떨어질 때라야 비로소 그가 날개를 펴고 날기 시작하기 때문이다."

내가 벼랑 아래로 추락하고 있다고 생각했던 이십 대의 그 시간들, 사실은 날개를 펴고 날아가던 시간들이 아니었을까?

지옥을 벗어나는 가장 쉬운 방법

아마도 그때가 9년째였을 거야, 지옥 같은 인생을 살기 시작한 지. 어느 날 난 도서관에서 이런 글을 읽었어.

"만일 지옥 같은 곳을 지나가고 있다면 최대한 빨리 지나가라."

윈스턴 처칠의 말이었던 것으로 기억해. 이 문장은 내 사고방식에 혁명을 가져다주었어. 난 그때까지만 해도 지옥을 신속하게 빠져나간다는 생각 자체를 하지 못하고 있었거든. 난 고작해야 기어가고 있었거든. 그것도 엉엉 울면서.

윈스턴 처칠도 지옥 같은 삶을 살던 시절이 있었어. 하지만 그는 그 지옥을 신속하게 빠져나갔던 거야. 그리고 위대한 성공을 향해 날아갔던 거야. 생각이 여기에 미치자 가슴속에서 무한한 힘이 솟아나더군.

난 그때부터 달렸던 것 같아.

지옥의 끝에 있을 아름다운 세계를 향해.

혹시 '지옥 같다'는 표현이 어울릴 정도로 힘겨운 하루하루를 보내고 있니? 인생의 무게에 눌려서 신음하고 있니? 더 이상 길이 보이지 않는다며 울고 있니?

그렇다면 이렇게 해봐. 심호흡을 한 번 크게 하고, 자리에서 일어나. 두 주먹을 허리에 단단히 붙여.

달려.

네 지옥을 빠져나갈 때까지. 네 지옥의 끝에 있는 네 위대한 성공의 세계에 도달할 때까지.

넌 할 수 있어.

하나님께

제가 당신을 참으로 뜨겁게 사랑하지만 그만큼 당신께 뜨거운 불만을 가지고 있다는 거, 아시죠.

불현듯 이십 대의 어느 날 당신께 던졌던 질문이 생각났어요. 그때 전 당신께 따지듯 물었죠. 왜 하필 나를 인간으로 만들었냐고. 난 이마에 뿔이 있는 게 좋은데, 등에 날개가 있는 게 좋은데 왜 당신은 내게 뿔도 날개도 주지 않았냐고. 네, 그렇게 전 당신께 막 불평했었죠.

한번은 삼겹살을 먹다가 당신께 화를 낸 적도 있었죠. 고기를 이렇게 맛있게 만들면 어떡하느냐고. 그래서 인간들이 동물 형제를 끝없이 잡아먹는 것 아니냐고. 그게 지구 생명체들의 불행의 시작 아니냐고. 지금 생각하면 말도 안 되는 불평이었지만 당시엔 꽤 심각했었죠. 그날 이후로 몇 년 동안 채식주의자로 살았으니까요.

또 한번은 화장실에서 응가를 하다가 당신께 짜증을 낸 적도 있었죠. 다 큰 남자가 아침부터 엉덩이를 까고 도자기 위에 앉아 있어야 하다니, 이게 무슨 굴욕이냐며. 사실 지금도 어쩌다 한 번씩 당신께 불평하죠. 하루에 한 번은 화장실에서 엉덩이를 까야 하는 문제 때문에.

무슨 외국 과학 잡지에선가 한때 지구를 뒤덮었던 공룡들이 운석으로 인해 한 방에 갔다는 소식을 접하고는 온종일 흥분했던 날도 있었죠. 아아, 역시 주님이시구나, 문제 많은 생명체들은 때가 되면 이렇게 한 방에 보내주시는구나, 인류도 멀지 않았다, 어느 날 갑자기 한 방에 보내주실 거다, 그래, 모두들 고통 없이 한 방에 깨끗하게 가는 거야, 지구를 위해서 우주를 위해서 우리 자신을 위해서 그렇게 가는 거야, 지금 생각하면 말도 안 되는 이런 생각들을 그땐 기쁨에 몸을 떨면서 했었죠. 전 정말 작은 악마였던 것 같아요.

요즘은 초등학생들도 전화기를 가지고 있는데 우주를 창조

하신 절대자이신 분이 무슨 핸드폰도 없냐고 공중전화기 앞에서 얼굴이 빨개지도록 열을 냈었던 적도 있었죠. 그래도 제가 전화 자주 걸었던 것 기억나시죠? 완전수 '7'자로 이루어진 천국 전화번호로. 물론 언제나 결번이었지만. 114에도 여러 번 문의했었어요. 당신의 전화번호를. 하지만 안내받을 수 없었죠. 전 가끔 이런 생각을 해봐요. 세상 모든 전화기의 다이얼 번호 '1'이 당신에게 직통으로 연결되는 번호라면 얼마나 좋을까, 하고 말이에요. 그럼 이 세상에 불행이란 존재할 수 없을 텐데.

아아, 죄송해요. 또 이런 말도 안 되는 소리들을 늘어놓아서. 그런데 아시죠. 제가 마음이 참 힘들 때마다 이런 헛소리를 한다는 걸. 사실 제가 오늘 정말 기분 나쁜 일이 있었거든요. 그래서 혼자 욕도 했어요. 시팔시팔, 막 그랬지요. 그리고 당신이 생각났어요. 당신께 내 마음을 털어놓고 싶었어요. 당신께 전화를 걸고 싶었어요. 교회를 잘 다니는 누군가들은 이렇게 조언하겠죠.

"성경을 읽어."

"기도를 해."

그런 사람들은 정말이지 언제나 도움이 되지 않는 사람들이

에요. 누가 그걸 몰라서 이러겠어요. 그냥 확 때릴 수도 없고.

하지만 주님, 난 당신을 사랑해요. 내 모든 마음을 바쳐서, 내 모든 영혼을 다해, 당신을 사랑해요. 제가 아직 영적으로 어린 아기라 당신의 사랑과 당신의 공의와 당신의 섭리에 대해서 아는 것이 없지만, 난 단지 당신을 믿을 뿐이지만, 당신이 성경에 써두신 대로 거울을 보는 것처럼 희미하게 당신을 바라볼 뿐이지만, 언젠가는 당신이 약속하신 것처럼 내 영과 혼과 몸이 영광스럽게 변화될 날이 오겠지요. 이마에 근사한 뿔을 달고 등에 멋진 날개를 단 존재들보다 더 아름답고 위대한 존재가 되어 당신과 얼굴을 맞대고 대화를 나눌 날이 있겠지요. 그날을 기다립니다. 나 그날을 간절히 사모합니다. 지구에서 하루가 가는 만큼 그날이 나에게 오고 있다는 사실을 생각하면 참 기뻐요. 그래서 지구의 삶이 견딜 만한 것이겠지요.

질문하는 자는 답을 피할 수 없다

지난 며칠은 나에게 있어서 지옥 같은 시간이었어. 다행스럽게도 그것은 지나갔어. 이제 나, 모두를 위해 희망의 질문을 던져.

"고통스러운 지난 며칠의 경험에서 내가 배울 점은 무엇인가?"

"이 경험을 발판으로 더 나은 나를 위해 도약할 준비가 되었는가?"

"내년 오늘, 지금을 돌아보고 후회하는 대신 자부심을 가지려면 지금부터 나는 어떻게 해야 하는가?"

'질문하는 자는 답을 피할 수 없다'는 카메룬 속담처럼 발전적인 질문을 던지니 발전적인 답변들이 머릿속으로 축복처럼 쏟아지고 있어. 나는 지금 눈부신 전진을 하고 있는 거야.

감사합니다 고맙습니다 행복합니다

삶은 고통의 연속이야.

비록 오랜 세월을 살진 않았지만 내 경험으로 비추어볼 때 삶의 고통은 나이에 비례해서 커지는 것 같아.

삶이 너무도 힘겨워서 항상 마음의 준비를 하고 살던 시절이 있었어.

"거대한 불행이 나를 언제 덮칠지 모른다. 어쩌면 오늘일 수도 있다. 정신 차리고 깨어 있자. 그래야 살아남을 수 있다."

이런 각오를 단단히 다지면서 하루를 시작하던 날들이 있었어.

그땐 정말이지 내 삶이 불행의 연속이었어.

인생에는 밑바닥만 있는 게 아니라 지하 100층도 있다는 사실을 온몸으로 절감해야 했던 날들이었지.

난 그 시절의 불행과 고통을 꿈을 이룬 나의 모습을 그리며 견뎌냈어.

꿈을 이루고 나니 삶의 불행과 고통은 또 다른 형태로 나를 찾아오기 시작했어.

그 내밀한 고통을 어찌 말로 다 표현할 수 있을까. 심지어는 하나님을 저주하면서 이토록 인간을 고통스럽게 만드는 당신을 앞으로는 믿지 않겠다고 선언했을 정도로 절망의 나락으로 떨어진 날들도 있었으니까. 하지만 나는 회개했고 마음을 가다듬었고 다시 일어섰어.

그래, 난 아직 지지 않았어. 앞으로도 지지 않을 거야.

"감사합니다."

"고맙습니다."

"행복합니다."

무명작가 시절 내 초라한 빈민가 자취방 벽에는 위 세 문장을 코팅한 종이가 붙어 있었어.

감사할 일도, 고마운 일도, 행복한 일도 전혀 없었지만 바로 그러한 때에 감사해야, 고마워해야, 행복해해야 기적이 찾아온다고 수많은 책에서 배웠기 때문이야.

놀랍게도 내가 위 세 문장을 하루에 수백 번씩 읊조리기 시작하자 내 삶에 빛이 찾아들기 시작했어. 그리고 마침내 기적이 일어났어. 나는 빈민가를 탈출했고, 우리나라에서 가장 큰 사랑을 받는 작가 중 한 명이 되었어.

요즘 나는 위 세 문장을 다시 기도처럼 외우고 있어.

감사할 일도, 고마운 일도, 행복한 일도 전혀 없지만 난 하루에도 수십 수백 번씩 위 세 문장을 읊조리고 있어.

그러면 내 삶에 또 다시 빛이, 기적이 찾아올 것을 잘 알기 때문이야.

쉿!

지구에게 해주고 싶은 말이 있어.

메

롱!

사회에서 성공하는 법은 따로 있어.

세상의 모든 성공한 사람들은 스펙이 좋아서, 취직을 잘해서 성공했던 게 아냐.

그들은 성공하는 법을 알았기 때문에 성공한 거야.

난 단언하고 싶어. 네가 이십 대에 진정으로 배워야 할 것은 성공하는 법이라고.

5

시련은
누구에게라도
다가오지만

넌 네 생각보다 훨씬 잘할 수 있어

무명작가 시절 난 그런 상상을 자주 했어.

난 꿈의 세계에서 잠시 유배당한 사람이라고. 이 재미없고 팍팍한 현실 세계로 말이야.

이십 대 시절 난 내 눈에 보이는 현실을 부정했어. 대신 내 가슴속에서 살아 꿈틀대는 꿈이 진정한 현실이라고 선포했어.

물론 아무도 동의하지 않았지.

하지만 그런 건 전혀 중요하지 않았어.

난 남들의 의견을 따라 살고 싶었던 게 아니었으니까.

난 내 가슴을 뜨겁게 만드는 그 무엇을 살고 싶었으니까.

난 네게 권하고 싶어.

네가 진정 꿈을 가졌다면 네 눈앞에 보이는 현실은 거짓이라고 생각하라고.

대신 네 가슴속에 있는 꿈이 진정한 현실이라고 믿으라고.

꿈을 이룬다는 것은 그렇게 간단한 게 아냐. 내 경우만 봐도 14년 7개월이라는 시간이 필요했어. 그 14년 7개월 동안 대충 살았던 날이 거의 하루도 없어. 매일 힘에 부칠 정도로, 때론 뼈가 부서진다는 표현이 어울릴 정도로 나 자신과 투쟁하면서 살았어.

하지만 말이야. 놀라운 사실이 있어.

네가 만일 꿈을 포기하지 않으면, 세상 모두가 넌 안 된다며 손가락질을 해도 엉엉 우는 대신 이미 꿈이 이루어진 모습을 생생하게 꿈꾸면서 행복하게 미소 지으면, 꿈을 영원히 꿈으로 남겨놓고 사느니 차라리 꿈을 추구하다 죽으리라, 하면서 미친 듯이 달리면, 네 마음의 날개를 펴고 훨훨 날아가다 보면 언젠가 기적처럼 꿈이 이루어져. 이건 내 경험에서 나온 말이야.

그러니까 너도 한번 해봐.

언제까지 지금처럼 살 거야? 네가 상상하는 네 자신은 독수리잖아. 날개를 펴고 광활한 창공을 훨훨 나는 그런 멋진 새잖

아. 그런데 넌 왜 날개 펴기를 주저하는 거야?

날개를 활짝 펴!

너로 하여금 꿈을 포기하게 만드는 현실이라는 절벽 아래로 화려하게 뛰어내려!

그러면 넌 만나게 될 거야, 하늘을 날고 있는 네 자신을.

그러니까 한번 해봐!

넌 네 생각보다 훨씬 더 잘할 수 있어!

넌 어느 쪽이니?

일전에 한 성공한 사람과 밥을 먹은 적이 있어.

그 사람은 이렇게 말했어.

"자기계발서를 반드시 읽어야 하는 애들일수록 꼭 자기계발서를 무시해요."

이어서 이렇게 덧붙였어.

"자기계발서 안 읽어도 되는 애들일수록 꼭 자기계발서를 열심히 읽어요."

너에게 묻고 싶어.

넌 어느 쪽이니?

좋겠어

난 네가 스스로의 한계에 도전했으면 좋겠어.

너 자신을 위해서, 사랑하는 사람들을 위해서, 우리나라를 위해서, 아시아를 위해서, 세계를 위해서, 인류를 위해서.

나는 감히 말하고 싶어.

지금 이 순간 자신의 한계에 도전하고 있지 않은 사람은 나이와 상관없이 노인이요, 진정한 패배자라고.

인생은 짧아. 그리고 세상에 네 도움을 필요로 하는 곳은 차고 넘쳐.

난 알아. 하나님께서 너를 세상에 보내신 이유를. 그건 세상을 좀 더 아름답고 행복하게 만들라는 거야.

네가 세상을 변화시키려면 무엇보다 네 자신부터 변화시켜야겠지.

깨어 있지 못한 안이한 정신을 거부해야겠지.

가슴이 뜨겁지 않은 모든 순간을 거부해야겠지.

한 번뿐인 인생, 세상의 눈치를 볼 필요가 있겠니?

네 자신에게 집중하기에도 부족한 것, 그게 삶 아니겠니?

난 네가 가슴이 시키는 일을 했으면 좋겠어.

미지근하지 않고 뜨겁게 살았으면 좋겠어.

활활 불타올랐으면 좋겠어.

너 자신을 위해, 사랑하는 사람들을 위해, 세상을 위해.

난 생각해.

네가 자신의 한계에 도전해야 세상의 한계에도 도전할 수 있다고. 그러니 이십 대의 모든 순간들에 네가 깨어 있었으면 좋겠어.

뜨겁게 깨어 있었으면 좋겠어.

이야기 쉰셋.

내 운명

나는 내 미래를, 내 운명을 알아.

자기 운명은 눈으로는 보이지 않아.

오직 가슴으로만 보이지.

가슴을 펴봐.

네 운명이 보일 거야.

만일 네 운명이 느껴지지 않는다면

너는 평생 지금처럼 살아가겠지.

그것도 나쁘진 않아.

그것 역시 운명이니까.

사람들은 자기 운명을 살아가면서

그게 운명인지는 잘 몰라.

내 가슴이 시키는 길로

갑자기 닥쳐온

인생 앞에서

젊은이여

주저하지 마라

결코

당황하지도 마라

두 눈 부릅뜨고 서라

그대의 인생 위에 서라

그리고 한 가지 주제를 정하라

걸으라

분위기 있고

짜임새 있게

자유롭게

개성적으로

그대 스스로가 정한

그대 자신의 길을

〈갑자기 닥쳐온 인생 앞에서〉

내가 스무 살 때 쓴 시야. 1997년에 출판된《언제까지나 우리는 깊디깊은 강물로 흐르리라》는 시집에 수록되었다가 세상에서 잊혔는데, 2008년에 출간된《수호기사의 편지》에서 다시 선을 보였어.

난 부끄럽게도 이 시처럼 살지 못했어. "이건 네 길이 아니야!"라고 말하는 가슴의 소리를 애써 외면한 채, 부모님이 정해준 인생인 초등학교 선생님의 길을 아주 오래도록 걸었거든.

군이 변명을 하자면 난 이십 대 시절 참으로 여린 마음의 소유자였어. 바람에 흔들리는 장미만 보아도 마음이 아팠을 정도로. 그래서 난 죽을 만큼 싫었음에도 불구하고, 부모님이 원하는 삶을 살았어. 부모님을 슬프게 만들 자신이 없었거든.

난 무려 14년 가까이 부모님이 원하는 길을 걸었어. 초등학교 선생님이 되기까지 걸린 처음 7년은 오로지 부모님 때문에, 초등학교 선생님으로 살았던 다음 7년은 생계 때문에.

물론 난 그 14년을 후회하지는 않아. 하지만 하늘만큼 바다만큼 큰 아쉬움이 생기는 것은 어쩔 수 없어. 난 스무 살 때 집에서 도망치고 싶었거든. 정말 미치도록 말이야. 그런데 그렇게 하지 못했어. 나 하나만 바라보고 살아가는 엄마 때문에, 너무 불쌍한 우리 엄마 때문에.

아마 넌 아직 잘 모르겠지만, 한국은 '잔혹하다'는 표현이 어울릴 정도로 무시무시한 자본주의 사회야. 이 사회에서 인간의 존엄을 지키면서 살아간다는 것은 상상을 초월할 정도로 어려워. 때문에 난 함부로 말하고 싶지 않아. "네 가슴이 시키는 길로 가라!"고.

하지만 말이야.

만일 내가 다시 스무 살로 돌아간다면, 난 과감히 교대를 중퇴하고 내 길을 갈 거야.

집에서 멀리 도망쳐서 내가 원하는 삶을 살 거야. 그리 오래 살진 않았지만, 내 지난 삶을 돌아보면 그게 옳은 것 같아.

인생의 나침반

혹시 이런 말 들어본 적 있니?

"생각한 대로 살지 않으면 사는 대로 생각하게 된다."

생각은 비유하면 인생의 나침반이야. 아무리 최고급 선박이라도 나침반이 고장 나면 엉뚱한 곳으로 항해하겠지.

인생도 마찬가지야. 생각의 초점을 자신이 살고 싶은 인생에 맞추지 않으면 자신이 살고 싶어 하지 않았던 인생을 살게 돼.

뭔가 불만족스러운 인생을 살고 있는 어른들이 주변에 좀 계실 거야. 그분들을 찾아가서 한번 물어봐. 이십 대 시절에 생각의 초점을 당신이 꿈꾸는 삶에 치열하게 맞췄었냐고. 백이면 백 그런 적 없다고 말씀하실 거야.

난 네가 먼 후일 그런 불행한 어른이 되지 않았으면 좋겠어.

네 머릿속의 나침반은 지금 어디를 가리키고 있니? 아니, 네 머릿속엔 나침반이 있기라도 한 거니?

15년 전 내 모습,
15년 뒤 네 모습

지금으로부터 약 15년 전의 일이야. 아마도 내 나이 스물둘이었던 1995년이었을 거야.[*] 어느 날 난 친구와 함께 서울로 가는 버스에 올랐어. 내 시집을 출판하고 싶다는 출판사를 방문하기 위해서였어.

마포의 어느 이름 모를 거리를 조금 헤매다가 출판사에 도착했어. 사장과 편집자 단 두 명이서 꾸려나가는 작은 출판사였어. 약속한 시간에 맞춰 들어갔는데 사장은 자리에 없었어. 편집자 말로는 급한 일 때문에 잠시 자리를 비웠다고 했어. 의자에 앉아서 몇 시간을 기다렸어. 하지만 사장은 나타나지 않았어. 그리고 출판 계획은 없던 일이 됐어.

아마 그때가 세 번째였을 거야. 출판사 사장의 변덕으로 출판 계획이 무산된 게.

난 그렇게 아무 소득 없이 다시 멀고 먼 남쪽으로 내려갔고, 혼자만의 지독한 방황과 혼자만의 지독한 슬픔과 혼자만의 지독한 고통을 계속 겪어야 했어.

교육대학교를 졸업했지만 평균 평점 2.2로는 임용고시를 볼 수가 없었어. 보나마나 떨어질 테니까. 그렇다고 대학원에 갈 수도 없었어. 대학원은 평균 평점이 3.0 이상인 사람만 받았거든. 하여 한 법과대학에 편입했어. 모집 정원이 두 명이었는데 나를 포함해서 단 두 명이 지원해서 부담 없이 합격했어.

내가 편입을 했던 이유는 리듬을 깨고 싶지 않아서였어. 한창 열심히 책을 읽고 글을 쓰면서 내공을 쌓고 있었는데, 군대를 가게 되면 그게 허물어질까봐 걱정스러웠지. 그렇게 열심히 글을 썼기 때문일까? 난 기적처럼 시집을 두 권이나 출판하게 됐어. 당시만 해도 시집이 불티나게 팔리던 때였어. 난 내심 기대했지. 이제 유명해질 일만 남았군, 하고.

첫 시집이 세상에 나오고 한 달쯤 지났을 무렵 출판사에서 전화가 왔어. 수화기에서 사장의 차가운 목소리가 들렸어.

"시집이 전혀 안 팔려요. 반품만 계속 들어오고 있어요. 이러다가 초판이 전량 반품 처리될 것 같은데, 혹시 전부 구매할 생각 없어요?"

난 전량 구입하고 싶지만 돈이 없다고 대답했어. 그랬더니 사장은 창고에 보관하면 보관료가 들고 폐기 처분하는 것도 비용이 드니까 낙도와 군부대에 기증하고 싶은데 어떻게 생각하느냐고 물었어. 난 마음대로 하시라고 대답하고는 전화를 끊었어. 그리고 울상이 된 얼굴로 몇 달을 살았어.

다른 출판사에서 나온 두 번째 시집도 같은 운명을 걸었어. 덕분에 난 또 시체 같은 얼굴로 몇 달을 살았어.

그렇게 비참하게 살다가 난 군대를 갔어.

모든 게 힘들고, 모든 게 아프고, 그냥 건드리기만 해도 눈물이 나올 것 같은 그런 얼굴로 살았던 15년 전의 나.

오직 꿈 하나만을 믿고서 미친 듯이 울면서 앞으로 나갔던 15년 전의 나.

그때의 나를 돌아보면 아직도 가슴이 많이 아파.

하지만 그런 세월이 있었기에, 이렇게 책을 통해 너와 정신적으로 친구가 될 수 있는 것 아니겠어?

그걸 생각하면 15년은 결코 잃어버린 세월이 아니라고 생각해. 너를 만나기 위한 기다림의 시간이었던 거지.

그래, 그렇게 생각하면 난 웃을 수 있어.

얼마든지 기쁘게 15년 전의 나를 추억할 수 있어.

넌 15년 뒤에 어떤 사람이 되고 싶니?

* 2010년 즈음에 싸이월드에 올린 글을 수정, 편집했어.

내 친구 이야기

내가 앞에서 말한 출판사를 찾아갈 때 동행했던 친구는 경미한 정신지체 증세를 보이던 녀석이었어.

난 녀석을 교회에서 만났어.

내가 녀석과 친구가 된 사연은 좀 기구해. 내가 꿈을 말하면 녀석은 단 한 번도 부정하지 않았어. 물론 긍정도 하지 않았지만, 난 그것만으로도 엄청난 힘이 됐어. 그래서 녀석과 친구가 됐고, 힘들 때마다 녀석을 만났어.

우리는 만나면 주로 교회 근처 산을 올라갔어. 우리라고 커피숍 같은 델 가고 싶지 않았겠어? 그런데 우리에겐 돈이 없었어. 난 녀석과 산에 오르면 마음이 후련해질 때까지 대화를 했어. 아니 정정할게. 독백을 했어. 녀석과의 진지한 대화는 거의 불가능했거든. 아마도 녀석의 뇌에 문제가 조금 있어서 그랬나 봐. 내 독백은 주로 '꿈'에 관한 것이었어. 난 엄청난 작가가 될 거다, 난 정말 대단한 작가가 될 거다, 뭐 그런 이야기를 쉬지도 않고 한 시간씩 늘어놓곤 했지.

그러던 어느 날이었어. 그날도 산에 올라가서 녀석을 옆에 앉혀놓고 땅바닥을 보면서 혼자 열변을 토하고 있는데 기분이 이상했어. 고개를 돌려보니 녀석이 자리에서 일어나 소나무들을 향해 돌멩이를 던지고 있더라고. 좀 짜증스런 얼굴로. 그 뒤로 다시는 녀석과 산에 오르지 않았어. 하지만 우리의 우정은 변함없었어.

내가 군대 갈 때 녀석은 약속했어. 일주일에 한 번씩 편지를 쓰겠다고. 하지만 편지는 내가 상병이 되도록 한 번도 오지 않았어. 군 생활을 1년 6개월쯤 했을 때야. 녀석에게서 편지가 왔어. 그 편지는 내가 입대하고 약 일주일 뒤에 쓴 것이었어. 녀석은 편지 말미에서 친절하게 설명하고 있었어. 편지지를 구하는 데 일 년 정도 걸렸고, 우표를 구하는 데 3개월 정도가 걸렸으며, 우체국에 가서 편지를 부치는 데 또 3개월이 걸렸다고.

그 뒤로 소식이 끊겼어.

베스트셀러 작가가 된 뒤 녀석에게 연락을 했어. 거의 십 년 만의 연락이었지. 그런데 그새 증세가 더 심각해졌는지 나를 전혀 알아보지 못하더군. 그렇게 녀석은 나를 떠났어.

무명작가 시절에 유일하게 마음을 열었던 내 친구 이야기야.

나는 생각해

"하루 23시간 주방에서 일할 각오가 없으면 레스토랑을 창업하지 마라."

이 말을 한 사람은 필 나이트야.

나이키를 창업한 사람이지.

한 번씩 동네에 짝퉁 신발을 가득 실은 1톤 트럭이 들어올 때가 있지? 필 나이트도 한때는 그런 트럭을 몰고 다니면서 신발을 팔았던 사람이었어.

하지만 지금은 상상을 초월할 정도로 성공했지.

나는 필 나이트의 성공 비결을 '각오'에서 찾고 싶어.

자신의 꿈을 위해서 하루 23시간을 투자하는 각오 말이야.

나는 생각해.

필 나이트는 네 나이 때에 하루 23시간 미국 전역을 돌아다니면서 신발을 팔았을 거라고.

내일을 위해서 어쩔 수 없이 잠을 자야 하는 한 시간조차 꿈속에서 신발을 팔았을 거라고.

난 네가 이십 대만큼은 필 나이트처럼 살았으면 좋겠어.

베토벤처럼

"작곡을 마치고 나온 베토벤은 마치 악마와 싸우고 나온 사람 같았죠. 베토벤의 일상을 견디지 못한 요리사와 가정부는 이미 줄행랑을 친 지 오래였기에, 그는 서른여섯 시간째 아무것도 먹지 못한 상태였죠.

.

.

.

무릇 사람은 베토벤처럼 살아야 합니다."

쿠르트 괴델이 비트겐슈타인에게 한 말이야. 베토벤처럼 살고자 했던 쿠르트 괴델은 스물세 살에 아인슈타인의 '상대성

원리'에 버금가는 '불완전성의 원리'를 발견했어.

그렇게 괴델은 이십 대에 불멸의 세계로 올라갔어.

너에게 묻고 싶어.

넌 지금 누구처럼 살고 있니?

생존을 위해 지금 당장 해야 할 일

평균 연령 백 세 시대가 도래했다는 이야기, 들어봤을 거야.

"이 이야기를 듣고 무슨 생각을 했니?"라고 많은 이십 대들에게 물어보았더니 "나와는 별 상관없는 이야기라고 생각해서 별 의미를 두지 않았다."라는 대답이 압도적이더군.

그래, 맞는 말이야. 서른 살이 된 모습도 잘 떠오르지 않는데 백 살이라니, 그건 좀 사차원적인 이야기일 수 있지.

그런데 말이야. 네 부모님에게는 어떨까?

노후설계 전문가들은 이구동성으로 말하고 있어. 예순 살에 은퇴한 부부가 백 살까지 품위 있는 노년을 보내기 위해서는 약 30억 원의 은퇴 자금이 필요하다고.

도시 빈민 생활비 수준인 월 60만 원으로 계산해볼까? 두 분이니까 매달 120만 원, 일 년 1,440만 원, 십 년 1억 4,400만 원이 나오는군. 그럼 네 부모님이 예순부터 백 살까지 도시 빈민 수준의 삶을 사시려면 4억 7,600만 원이 필요하군.

단도직입적으로 물어볼게.

네 집에 최저 5억 원에서 최고 30억 원의 예금이 들어 있는 통장이 있니? 네 부모님이 예순 살이 될 때까지 절대로 손대지 않을 순수한 노후자금 말이야.

대기업 임원으로, 은행 임원으로, 교장 선생님으로, 공무원으로 일하다가 퇴직하고 몇 년 만에 노후자금을 다 소비하고 아파트 경비원이나 주유소 주유원 등으로 일하는 노인들의 이야기는 신문 뉴스에서나 찾아볼 수 있는 그런 이야기가 아냐. 그건 바로 네 부모님 이야기야.

사오십 대까지는 중산층이다가 육십 대 이후로 급작스럽게 빈민으로 전락하는 노인들이 생기는 근본적인 이유가 뭔지 아니? 못난 자식 뒷바라지하다가 그렇게 되는 거야.

이십 대에도 십 대처럼 사는 자식들에게 바보처럼 다 퍼주다가 그렇게 되는 거야.

너에게 부모님을 진정으로 위하는 마음이 조금이라도 있다면, 이제까지와는 완벽하게 다른 삶을 선택해야 해.

네가 속한 분야에서 최고가 되는 것은 기본이야. 우리나라에서 최고가 되고 이어 세계에서 최고가 되는 그런 삶으로 나아가야 해.

그리고 네 이십 대의 십 년 전부를 그 삶을 위해 쏟아부어야 해. 아니 평생을 그렇게 살아야 해.

대학 다닐 때는 스펙에 목매달고, 취직해서는 회사 일에 치여 사는 것, 사실 굉장히 안일한 삶이야. 그런 삶을 살 생각은 지금 네 안에서 뿌리째 뽑아버려야 해.

치열하게 사는 거, 남다르게 사는 거, 거대한 꿈을 갖고 사는 거, 성공에 미친 사람들에게나 해당되는 이야기가 아니야.

네 부모님의 노년을 생각해봐.

그거, 너희 집의 생존을 위한 거야.

/

이야기 예순하나.

이십 대가 저지르면 안 될
가장 큰 죄악

나는 감히 말하고 싶어.

이십 대가 저지를 수 있는 가장 큰 죄악 중 하나는 부모님한테 용돈을 받는 거라고.

우리나라 이십 대들은 좀 특이해.

아이비리그를 다니는 이십 대들조차 자기 생활비는 자기가 벌어서 쓴다는데, 우리나라의 이십 대들은 공부해야 한다는 핑계를 대고 도서관에만 들어앉아 있거든.

그렇다고 아이비리그 학생들보다 공부를 더 열심히 하거나 더 잘하는 것도 아니면서 말이지.

미안하다. 널 잠시 돌아보라고 일부러 쓴소리를 한 거야. 이해해주길 바래.

난 말이야. 네가 어린애가 아니라면 네 용돈 정도는 네가 벌어서 쓰길 바래.

아니 나는 진심으로 권하고 싶어.

다음 달부터는 부모님께 용돈을 드리는 사람이 되라고.

지난 이십 년 동안 부모님한테 용돈 많이 받았잖아.

이젠 네 키도 부모님보다 훨씬 클 텐데, 이제부터는 부모님께 용돈을 드리는 사람이 되면 어떻겠니?

이십 대에 자기 생활비는 자기가 벌어서 쓸 줄 알고, 부모님께 용돈까지 드리면서도 공부든 뭐든 최고로 잘해내는 사람이 삼십 대에 부모님께 집을 사드릴 수 있는 사람이 될 수 있어. 그리고 사십 대에는 세상을 변화시키기 위해서 큰돈을 쓸 수 있는 사람이 될 수 있어.

하지만 이십 대에 부모님께 용돈이나 타 쓰는 사람은 그런 큰 인물이 될 수 있는 가능성이 거의 없겠지.

난 너를 위해서 말하는 거야.

이제부터는 부모님께 용돈을 드리는 사람이 되자고.

이십 원이 내게 준 선물

난 약 9년 동안 성남시 빈민가에서 살았어. 그때 내 직업은 초등학교 선생님이었어. 모두가 부러워하는 직업을 가지고 있으면서도 왜 빈민가에 살았냐고? 우리 집이 IMF 때 폭삭 망해버렸거든. 비록 지방이지만 제법 잘사는 축에 속했는데, 망하는 거 한순간이더라고.

초등학교 교사 2년차였던 스물여덟 살 때 처음으로 자취방이라는 걸 얻었어. 보증금 300만 원에 월세 17만 원짜리였는데, 몇 년 전에 우리 가족이 살았던 아파트 화장실보다 조금 크더군. 난생처음 마주한 가난이었다고나 할까. 그땐 기가 막히는 것 같았어. 내일 모레 서른인데, 교육공무원인데, 이런 방에서 살게 되다니 하고 말이야. 하지만 어쩌겠어. 힘이 없는데, 그렇게 살아야지.

　초등학교 선생님을 했던 약 7년 동안 월급을 써본 기억이 거의 없어. 전부 가족의 생활비로 보내야 했거든. 놀랍게도 난 단돈 이십 원으로 보름 가까이 지내본 적도 있어. 그 달에 월급이 적게 나왔어. 아마도 2월 달이었던 것으로 기억하는데 100만 원도 안 나왔을 거야. 그거 집에 보내고 나니까 돈이 진짜 한 푼도 없는 거야. 그래도 설마 몇천 원이라도 있겠지, 하고 중고 냉장고 밑도 뒤져보고 장판도 까보았는데 웬걸, 백 원짜리나 오백 원짜리는 하나도 없고 달랑 십 원짜리 두 개 있더라고. 그래도 돈이 있는 게 어디냐 싶어서 창틀에 끼워놓고 위안을 삼았던 기억이 나.

　빈민가에서 살다 보니 동네에 폐지를 줍는 일로 생계를 유지하는 할머니들이 있었어. 어느 날 난 한 할머니에게 물었어. 하루에 얼마를 버느냐고. 충격적인 대답이 돌아오더군. 보통 삼사천 원 정도 번다, 재수 좋은 날은 오천 원 정도 번다는. 할머니에겐 자녀가 세 명이나 있었어. 다들 결혼했고 직업도 있었지. 하지만 엄마를 도와줄 형편은 못 된다고 해. 다들 입에 풀칠

하는 수준이래. 그렇게 다들 먹고살기 힘들다 보니 이젠 서로 왕래조차 없다고 해.

할머니의 이야기를 듣고 나니 머리가 터질 것 같았어. 꼭 우리 집의 미래를 보는 것 같았거든. 그러니까 놀고 싶은 마음, 대충 살고 싶은 마음, 핑계 대고 싶은 마음 같은 것들이 순식간에 사라져버리더군. 마치 난 철인이 된 것 같았어. 아니 철인이 되어야겠더라고. 내 앞에 놓인 가난이라는 벽, 절망이라는 벽을 부숴버리려면 내 주먹이, 아니 내 온몸이 강철이 되지 않으면 안 될 테니까.

그때 난 결심했어. 세계적인 베스트셀러 작가가 되겠다고. 그러면 우리 부모님이 비참한 노년을 맞이하게 되는 일은 영원히 없을 테니까. 그리고 더 나아가 이십 대에 텔레비전 볼 것 다 보고, 여행 가고 싶은 곳 다 가고, 친구 만나고 싶은 것 다 만나고 하다가 제 부모님 부양할 능력도 기르지 못한 채 삼십 대부터 제 입에 풀칠하기조차 바쁜 삶을 사는 그런 자녀들 때문에 고통스런 노년을 보낼 또 다른 부모님들을 돌봐줄 수도 있을 테니까.

내 주변의 이십 대들과 전혀 다른 삶을 살기로 마음을 정하니까 놀랍게도 내 안에서 어떤 능력 같은 것이 생겼어. 일례로 이십 대 중반까지만 해도 나는 하루에 잠을 아홉 시간에서 열 시간 정도는 자야 되는 스타일이었어. 여덟 시간 미만으로 잠을 자면 다음 날 하루 종일 몸이 피곤하고 무기력하고 그런 증세가 나타날 정도였어. 그러던 내가 이십 대 후반 하루에 세 시간만 자도 몸이 거뜬한, 아니 오히려 더 상쾌한 사람으로 변했어. 정신의 힘이란 정말 대단한 거였어. 그것은 나의 몸조차도 변화시켜버리는 것이었어. 덕분에 난 미친 듯이 책을 읽고 글을 쓸 수 있었고, 오래지 않아 내 꿈을 이룰 수 있었지.

난 너도 그런 경험을 해보길 바래.

사랑하는 사람들을 위해서 불가능해 보이는 꿈에 도전하고 그것을 이루는 경험 말이야.

자랑스러워

언제나 마음이 아팠고, 언제나 한숨이 나왔고, 언제나 눈물이 나왔어. 나의 이십 대는.

하지만 그만큼 아름다웠고, 그만큼 빛났고, 그만큼 살아 있었어.

학교 교과서 대신 자연을 읽고.

노트 필기 대신 시를 쓰고.

세상을 여행하는 대신 내 마음속을 여행하고.

해지는 하늘을 보는 것이 가장 중요한 하루 일과이고.

운명적인 사랑 외에는 그 어떤 만남도 인정하지 않고.

가슴속에 그려지는 영상 그대로의 삶과 만남과 도전을 실천하고.

그러다가 몰이해의 벽에 부딪치고.

우스운 녀석이 되고, 이상한 놈이 되고.

무시 받고, 바보 취급당하고, 비난 받고, 따돌림 받고……

하지만, 하지만!

난 단 하루도 학점과 스펙이 전부인, 그런 죽은 삶을 산 적이 없어. 부모님이나 학교 사람들이나 세상 사람들의 눈치를 본 적도 없어.

난 언제나 내 가슴속에서 솟아오르는 그 무엇을 살았어.

그래서 난 후회가 없어.

상처와 고통과 눈물로 얼룩진 내 이십 대가, 난 진심으로 자랑스러워.*

---

* 97쪽의 변주야.

넌 할 수 있어

내가 초등학교 선생님을 하고 있었을 때.

머리를 어깨까지 기르고, 울긋불긋한 색깔의 옷을 입고, 이상한 샌들을 신고 다녔던 그때.

교사답게 머리를 깔끔하게 자르라며 야단치던 교장에게, 나는 머리가 길어야 행복하고 내가 행복해야 아이들을 잘 가르칠 수 있으니 그럴 수 없다며 저항하던 그런 사람이었을 때.

가끔씩 오늘의 나를 생각하면 한숨만 나왔어.

도대체 쓰는 책마다 실패하는 사람이, 그것도 변화와 도전 같은 것과는 전혀 거리가 먼 직업에 종사하고 있는 사람이, 동화나 자녀교육 또는 공부법 책도 아니고 자기계발 책을 써서 어떻게 베스트셀러 작가가 될 수 있단 말인가 하는 생각에.

그땐 내가 꼭 그런 인간 같았어.

역전의 용사들을 모두 먹어치운 거대한 용이 살고 있는 동굴로 고작 몽둥이 하나 들고 가는. 최고의 갑옷을 입고 최고의 무기를 들고 최고의 말을 탄 기사들도 해치우지 못한 용을 몽둥이 하나 들고 때려잡으러 가는 꼴이라니.

내가 생각해도 황당했어. 하지만 그런 암담함이 밀려들 때마다 난 스스로에게 이렇게 말해줬어.

"내가 최초의 인물이 되면 되지 뭐. 불을 뿜는 용을 몽둥이로 때려잡은 사람, 뭐 딱 내 이미지네. 좋아. 좋아. 넌 할 수 있어. 할 수 있다고."

어느 날 난 그 용을 진짜로 때려잡게 되었어, 몽둥이로.

그 뒤로 내 인생은 완전히 바뀌었지.

너도 할 수 있을 거야. 네 앞을 가로막고 불을 뿜어대는 사악한 용을 맨주먹으로도 때려잡을 수 있을 거야. 네가 진실로 할 수 있다고 믿는다면, 기적은 어느 날 갑자기 벼락처럼 찾아올 거야. 그러니까 오늘도 씩씩하게 앞만 보고 가는 거야.

넌 할 수 있어!

네 인생의 멘토

"운전을 배우려면 어떻게 해야 하나요?"

이런 질문을 던지면 백이면 백 이렇게 대답할 거야.

"학원에 가서 배워!"

쉽게 말해서 전문가를 찾아가서 돈을 지불하고 배우라는 이야기지. 우리나라에 굴러다니는 차가 1천만 대 이상이라고 해. 그러면 운전을 배운 사람들도 1천만 명 이상일 거야. 그리고 그 1천만 명은 90% 이상 전문가에게 돈을 지불하고서 배웠을 거야. 운전하는 법을.

내가 세상에서 가장 이해하기 힘든 사람들이 있어. 그들은 성공을 꿈꾼다고 하지만 전혀 움직이지 않더라고. 운전면허를

따기 위해 기울였던 노력의 십 분의 일도 기울이지 않더라고. 그저 가만히 앉아서 누군가가 자신을 이끌어주기를 기다리고 있더라고. 아무나 다 하는 운전조차도 자신이 적극적으로 움직여야 배울 수 있는데, 아무나 할 수 없는 성공을 하고 싶어 하는 사람들이 바보처럼 앉아서 하늘만 바라보고 있더라고.

만일 네가 성공을 꿈꾼다면 넌 섬광처럼 움직여야 해. 네가 이루고자 하는 꿈을 먼저 이룬 사람들을 찾아가서 목숨 걸고 매달려야 해. 그 사람들이 너를 멘티로 받아줄 때까지 그렇게 해야 해.

네 핸드폰에는 멘토의 전화번호가 저장되어 있니? 네 일주일 스케줄표에는 멘토와의 만남의 시간이 있니?

남들이 십 년 걸려서 해내는 일을 일 년 만에 해내는 방법을 가르쳐주고, 너로 하여금 그렇게 하도록 독려하는 사람과 정기적으로 만나서 치열하게 배우는 시간 말이야.

마지막으로 이것을 한번 생각해보길 바래.

"어쩌면 내가 별 볼 일 없는 이십 대를 살아가고 있는 것은, 멘토가 없기 때문은 아닐까?"

사회에서 성공하는 법은 따로 있어

고등학교 때 기억나? 대학만 들어가면 지상낙원이 펼쳐질 것 같았던, 그날들의 순진했던 믿음이 떠올라?

난 이십 대들을 만나서 대화를 나눌 때마다 세상 물정 모르는 순진한 시골 사람들을 보는 것 같아. 에이플러스로 도배된 성적표를 받으면, 영어를 미국인처럼 잘하는 사람이 되면, 좋은 회사에 취직하면 괜찮을 거라고 생각하는. 아니 그걸 이십 대의 인생 목표로 삼고 있는.

에이플러스로 도배된 성적표는 비유하면 운전면허 시험을 백 점 만점 받은 거야. 운전면허 시험에서 수석 합격했다고 벤츠나 스포츠카가 생기지는 않아. 대학 성적 또한 마찬가지야.

4년 전액 장학금을 받을 정도로 공부를 잘했다고 해서 사회에서 성공할 수 있는 것은 아냐.

영어를 잘하거나 좋은 회사에 취직하는 것도 마찬가지야. 만일 이 두 가지가 사회에서 성공하는 데 큰 도움이 된다면 영어 학원 강사들과 대기업 샐러리맨들은 모두 성공의 가도를 달리고 있을 거야. 하지만 현실은 전혀 그렇지 않지.

내가 말하고 싶은 요지는 이거야.

좋은 학점, 영어 실력, 괜찮은 회사 취직은 그저 사회에서 살아가기 위한 기본적인 요소에 불과하니까 네 마음의 시야를 이세 가지에 한정시키는 어리석음을 범하지 말 것.

내 멘티 중에 황희철이라는 사람이 있어. 폴레폴레 활동을 하는 사람들에게는 익숙한 이름일 거야. 이 친구는 놀랍게도 대학 4년 평점 평균이 1.0대였어. 덕분에 별 볼 일 없는 회사에 들어가서 비정규직으로 사회생활을 시작했지. 그때 연봉이 800만 원이었다고 해. 영어는 뭐 전혀 못했고.

내가 한 대학교 특강에 가서 물어본 적이 있어.

"이십 대에 방송통신대학을 졸업했어요. 학점 평균이 1.0이었죠. 중소기업에 비정규직으로 취업했어요. 연봉이 800만 원이었습니다. 영어는 전혀 못해요. 이 사람은 어떤 삼십 대를 맞이할 것 같은가요?"

이구동성으로 말하더군.

"실업자요!"

"노숙자요!"

어떤 학생은 이런 말을 하기도 했어.

"인생에 실패하고 자살할 것 같아요."

나는 싱긋 웃고는 이렇게 말해줬어.

"어쩌죠? 그 사람은 이십 대 후반에 억대 연봉을 돌파했고, 삼십 대 중반인 지금은 연매출 십억 원대에 달하는 기업을 운영하는 CEO가 되었는데요. 제가 어제 그 친구와 밥을 먹었는데. 내년에 중국 진출을 하느냐 마느냐로 고민하고 있더군요."

순간 거대한 적막이 강연장을 휩쓸었어.

내가 말하고 싶은 것은 이거야.

사회에서 성공하는 법은 따로 있다는 것.

앞에서 말한 황희철은 물론이고 세상의 모든 성공한 사람들은 스펙이 좋아서, 취직을 잘해서 성공했던 게 아냐. 그들은 성공하는 법을 알았기 때문에 성공한 거야.

난 단언하고 싶어. 네가 이십 대에 진정으로 배워야 할 것은 성공하는 법이라고. 힘을 갖는다는 것은 결국 성공한다는 것을 의미하니까.

카네기의 비밀

"어떤 역경에 처해 있어도 자신이 바라는 최고의 결과를 상상한다."

강철왕이라 불리는 앤드류 카네기가 한 말이야.

서른한 살 때의 일이야.

초등학교 선생님을 하면서 1년 4개월 동안 하루에 서너 시간 자면서 쓴 원고를 백이십 곳 넘는 출판사로부터 퇴짜를 맞았어. 처음엔 사십여 곳의 출판사로부터 거절 받았어. 이후 원고를 새롭게 고쳐 썼어. 난 다시 팔십 곳 넘는 출판사에 원고를 보냈어. 그리고 전부 거절 받았어.

그땐 정말이지 '이젠 죽어버리자'는 생각 말고는 그 어떤 생각도 들지 않더군.

하지만 난 그날 밤에도, 글을 썼어.

'내가 포기하지 않으면 꿈은 이루어진다!'라고 중얼거리면서. 그때 난 미친 사람 같았어.

카네기의 말을 만난 것은 그때 즈음이었어.

뭐랄까, 머릿속에서 불이 확 켜지는 기분이었어.

빈민 가정에서 태어나 세계적인 성공을 거둔 카네기의 비밀을 발견한 순간이었으니까.

나는 카네기의 방법대로 하기로 했어.

비록 우리나라에 존재하는 거의 모든 출판사로부터 거절을 받은 불행한 작가지만, 그럼에도 불구하고 최고의 성공을 거둔 작가가 되어 있는 나의 모습을 상상하기 시작한 거야.

카네기의 비밀은 나에게도 통했어.

이젠 네가 카네기의 비밀을 사용할 차례야.

널 응원해.

지금 어디선가 고통받고 있을 너에게

난 대학을 6년이나 다녔어.

왜 그랬느냐고 묻지 마. 설명하면 복잡하니까.

난 대학 생활을 누려본 적이 거의 없어.

혼자서 아파하고 방황하느라.

이십 대가 십 년이나 있었어. 하지만 단 하루도 이십 대답게 살아본 적이 없어. 고통 속에서 허덕이고 몸부림치느라.

서른 살이 되었을 땐 마치 백 년이라도 산 것 같은 기분이 들었을 정도였어.

첫 베스트셀러가 나왔을 때 하고 싶은 일이 있었어. 내가 졸업한 대학 바로 옆에 집을 구해서 일 년간 살아보는 것. 그렇게 나는 내 아픈 대학 생활을 치유하고 싶었던 거야. 그런데, 부동산에 전화해보니까 빈집이 없더라.

대학의 그 분위기도, 이십 대의 그 풋풋함도, 누려본 적이 없지만 난 후회하지 않아. 단 하루도 뒷걸음질 쳐본 적이 없으니까. 비록 세상이라는 거대한 악에게 짓밟힌 채, 꿈틀거리는 수준이었지만, 나는 매일 앞으로 나아갔어. 내 가슴속을 가득 채운 꿈이라는 별 하나를 믿고서.

그리고 마침내 난 보았어. 15년 가까이 내 가슴속에만 있었던 별이 하늘로 올라가 세상을 비추는 것을.

지금 어디선가 고통받고 있을 너에게 해주고 싶은 말이 있어. 아무리 힘들고 눈물 나는 일만 있어도 매일 앞으로 나아가길 바래. 단 1센티미터라도 전진하길 바래.

머뭇거리거나 주저앉아 있는 사람에게는 희망이 없어. 희망은 오직 앞으로 나아가는 사람에게만 있어. 넌 희망의 증거가 되기 위해서 지금 고통을 받고 있는 거야. 그러니까 네 가슴속의 별을 믿고 앞으로 달려가는 거야!

자기 안의 함정

보이는 세계는 보이지 않는 세계가 구체적으로 나타난 것에 불과해. 물 위에 뜬 기름처럼 보통 사람들과 다른 마음을 가져야 해. 그것은 평생 고생하면서 살겠다는 각오야.

난 스물여덟 살에 이 사실을 깨달았어. 평생 힘들게 살기로 결심했어.

아니, 아니야. 난 그때 죽기로 결심했어. 기쁘게 죽기로 결심했어. 땅 위로 떨어지는 한 알의 밀알처럼 말이야. 한 알의 밀알조차도 땅에 떨어져 죽지 아니하면 새로운 존재로 태어나지 못해. 그런데 인간은 오죽할까?

이 세상에 고생하기 위해 사는 사람은 없어. 울기 위해 사는 사람도 없어. 하물며 죽기 위해 사는 사람은 더욱 없어. 하지만 난 네가 고생을 자처해야 한다고 생각해.

일부러 힘든 길을 걸어가야 한다고 생각해.

아니, 죽어야 한다고 생각해. 과거의 너 자신을 땅속 깊이 묻어야 한다고 생각해. 그래야 넌 새로운 존재로 다시 태어날 수 있을 테니까.

인간의 마음속에는 편하게 살고 싶어 하는 거대한 욕망이 자리 잡고 있어. 너무 많은 사람들이 자기 안의 함정에 빠져서 삶을 헛되이 보내.

나는 네가 그 함정에 빠지지 않았으면 좋겠어.

이야기 일흔.

네 마음을 믿어봐

네가 진실로 갖고 싶은 것, 네가 진실로 만나고 싶은 사람, 네가 진실로 되고 싶은 존재⋯⋯.

네가 이 모든 것들을 마음속에 '열망'이라는 형태로 담아두면 언젠가 반드시 '현실'이 돼.

세상을 이분법적 사고로 보는 어떤 바보들은 말해.

열망만으로 이룰 수 있는 것은 아무것도 없다고, 진짜로 필요한 것은 노력이라고.

하지만 틀렸어. 진정한 '노력'은 오직 열망을 가진 사람만이 할 수 있으니까.

아니 그걸 '노력'이라고 할 수 있을까? 그건 차라리 춤이 아닐까?

자기 자신을 잊고서 추는, 지상에서 가장 아름다운 영혼의 춤 말이야.

난 생각해. 지상 최고의 축복은 하나님의 임재를 경험하는 것이라고.

그런데 그것은 아무에게나 주어지는 것이 아니더라고. 특별하게 선택받은 사람에게 주어지는 무조건적인 선물이더라고.

난 영적인 축복 다음으로 멋진 축복은 마음속의 열망이 현실로 나타나는 것을 경험하는 삶이라고 믿어.

난 네가 열망하는 모든 것들을 현실에서 만나는 삶을 경험하게 되길 바래.

네 마음을 믿어봐.

하나님께서는 이 세상의 모든 문을 열 수 있는 신비한 열쇠를 다른 어느 곳도 아닌 네 마음속에 감춰놓으셨으니까.

이야기 일흔하나.

난 바뀔 수 있다고 믿어

알아.

우리나라의 시스템이 0.1%의 사람들에 의해 좌지우지되고 있다는 사실을. 그 0.1%가 아름답지 못하다는 것을.

나도 잘 알아.

하지만 어쩌겠어. 짱돌을 들거나 화염병을 들고 거리로 나가는 것은 내 성격에는 도저히 맞지 않는 일인 것을.

게다가 시대가 그런 것을 허용하지 않고 있잖아. 또 설령 그래봤자 내가 던진 돌이나 화염병은 나와 똑같은 처지에 있는 젊은 전경의 헬멧이나 때리고 말겠지.

0.1%와 싸우지 않고 아름답게 이기는 길. 너무나도 비현실적

으로 들리겠지만 난 그 길을 추구하고 싶어.

한번 생각해봐.

정말로 아무것도 아닌 존재였던 사람들이 자기계발을 통해 자신의 한계를 극복하고 자기 분야의 최고 수준에 도달하게 된다면, 우리나라의 99.9%가 모두 그렇게 된다면. 중소기업이 모두 세계 최고 수준의 중소기업이 되고, 샐러리맨들이 모두 세계 최고 수준의 샐러리맨이 되고, 대학생들이 모두 세계 최고 수준의 대학생이 된다면.

우리나라도 바뀌지 않을까? 0.1%가, 언론이, 정부가, 검찰이, 법원이 바뀌지 않을까?

난 확신해. 분명히 바뀐다고.

난 수신제가치국평천하를 믿거든.

세계사에서 유례를 찾아보기 힘들 정도로 악독한 무단통치가 행해지던 일제 시대에 도산 안창호 선생님은 말씀하셨어. 우리나라가 사는 길은 국민 각자가 자기계발을 열심히 해서 최고가 되는 것밖에 없다고. 난 감히 도산 안창호 선생님의 길을 갈 수는 없지만 그분의 삶만은 늘 흠모하면서 살고 있어.

난 말하고 싶어.

우리가 꿈을 꾸고 자기계발을 하는 것은 나 자신의 이익을 위해서가 아니라고.

아니, 자신의 이익만을 생각하는 사람은 치열하게 자신을 단련시켜야 하는 '자기계발'을 죽어도 할 수 없다고. 그런 사람은 고작해야 아부의 기술 따위나 배우겠지.

한 알의 밀알이 모두를 위해 척박한 땅 위로 기쁘게 떨어져서 죽는 것, 난 그게 자기계발이라고 생각해. 그래서 '자기계발'의 또 다른 이름은 '사랑'이 될 수 있는 거야.

극한의 자기단련을 할 수 있는 힘, 그것은 자신만을 생각하는 사람은 절대로 얻을 수 없어. 그것은 사랑하는 사람들을 지켜주고 싶다는 마음, 사랑하는 사람들을 행복하게 만들어주고 싶다는 마음에서 나오기 때문이야.

넌 죽을 준비가 되었니? 새로운 네 자신으로 다시 태어나기 위해.

난 네가 기. 쁘. 게. 죽었으면 좋겠어.

행복한 사람

원래 행복한 사람은 부자가 되고 성공을 해도 행복해.

원래 불행한 사람은 부자가 되고 성공을 해도 불행해.

원래 행복한 사람은 가난하고 성공하지 못해도 행복해.

원래 불행한 사람은 가난하고 성공하지 못하면 불행해.

원래 불행한 사람은 아무도 없어.

불행한 얼굴로 태어난 사람은 아무도 없기 때문이야.

사람은 행복해지겠다고 마음먹은 만큼 행복해져.

넌 본래 행복한 사람이야.

나를 바꾸고 싶다면

자기계발서의 역사는 생각보다 오래되었어. 유럽의 경우는 약 500년, 미국은 약 280년이야.

최초의 자기계발 개념은 유럽에서 나왔어. 종교개혁가들이 설파한 소명의식이 바로 그거야. 미국에서는 미국 건국의 아버지라고 불리는 벤저민 프랭클린이 최초로 자기계발서를 썼어.

초기의 자기계발, 그러니까 루터와 칼빈 같은 종교개혁가들의 자기계발은 하나님의 영광을 위한 것이었어. 그러다가 계몽주의가 팽배하면서 인격 완성을 위한 것으로 바뀌었어.

19세기에 유럽과 미국을 뒤덮은, 오늘날의 뉴에이지 종교의 핵심 사상 중 하나인 '끌어당김의 법칙'의 기원이 되는, 힌두

교와 심령술의 관점으로 성서를 해석한 일종의 사이비 종교인 '크리스천 사이언스'나 '신사상 운동'의 영향을 받은, 물질적인 부와 성공을 자기계발의 전부인 것처럼 말하는 나폴레온 힐 류의 자기계발서가 등장하기 시작한 것은 미국 대공황과 맞물린 20세기 초반부터야.

한편으로 로버트 슐러, 노만 빈센트 필, 조엘 오스틴 등으로 이어지는, 기독교 이단으로 소개되는 '믿음의 말씀 운동'이라는 종교 단체의 사상을 충실히 반영한 자기계발서들은 20세기 후반부터 빛을 보기 시작했어.

우리나라는 어떨까.

내 개인적인 의견으로는 실학자들의 저서가 최초의 한국형 자기계발서라고 생각해. 물론 그 뿌리는 퇴계 이황, 율곡 이이 같은 위대한 유학자들의 저서에 등장하는 '수신'의 개념이라고 보고 있어.

유럽, 미국, 일본에서는 이미 18~19세기에 자기계발서가 대중적 인기를 누렸어. 당시에 베스트셀러였던 자기계발서들은 지금은 고전으로 대우받고 있지. 새뮤얼 스마일스의 《자조론》이 대표적이야.

내가 연구한 바에 따르면 자기계발서는 국가성쇠의 기준이기도 해. '해가 지지 않는 나라'라는 별칭을 가지고 있었을 때, 영국은 자기계발서 최강국이었어. 2차 대전 후, 자기계발서 최강국의 자리는 미국으로 넘어갔어. 아시아에서는 일본이 메이지 유신부터 지금까지 자기계발서 최강국이야.

우리나라는 벤저민 프랭클린이나 새뮤얼 스마일스보다 더 위대한 자기계발 사상을 가진 유학자들과 실학자들이 있었지만 안타깝게도 일반 백성은 그 세계를 알기가 거의 불가능했어. 우리나라에서 평범한 사람들이 자기계발서를 본격적으로 읽게 된 것은 1997년 외환위기 때부터라고 해.

자기계발의 핵심은 사고방식을 바꾸는 거야. 난 네게 일 년 동안 365권의 자기계발서를 읽는, '1년 365권 독서 프로젝트'에 도전할 것을 권하고 싶어. 난 사고방식을 바꾸는 특효약은 성공한 사람을 매일 한 명씩 만나서 대화하는 것, 즉 하루에 한 권씩 자기계발서를 읽는 것이라는 사실을 발견했고, 내 자신에게 적용해서 효과를 보았고, 폴레폴레 사람들도 역시 같은 효과를 얻는 것을 보았기에, 네게 이 프로젝트를 권하는 거야.

자기계발서 독서를 통해 사고방식이 바뀌면 행동은 저절로 바뀌어.

그 변화된 '행동'들이 쌓인 결과가 '성공'이야.

그런데 그 '성공'은 좁은 의미의 수신이야.

그러니까 거기서 멈추지 말고 넓은 의미의 수신, 즉 위대한 유학자들의 수신으로 나아가길 바래.

그러기 위해서 네가 읽어야 할 책들은 인문고전이야. 사실 자기계발서의 뿌리는 인문고전이기도 해.

인문고전은 문학, 역사, 철학 분야의 고전을 의미해. 공자, 플라톤, 사마천, 괴테, 이황, 정약용 같은 분들이 쓴 책을 생각하면 이해가 빠를 거야.

난 네가 '1년 365권 독서'를 마친 뒤 인문고전의 세계로 진입하기를 바래.

그럼 넌 언젠가 수신제가치국평천하를 이룰 수 있을 거야.*

---

* 인문고전 독서법에 대해 궁금하면 《리딩으로 리드하라》를 읽어봐.

영혼을 깨우는 여행

해외 빈민촌 학교는, 처음엔 내가 사재를 털어서 짓기 시작했어.

그런데 열세 개 정도 짓다 보니까 경제적으로 쉽지 않더군.

그래서 폴레폴레 사람들에게 도움을 요청했어. 이후로는 폴레폴레 사람들과 함께 학교를 짓고 있어. 난 폴레폴레 사람들이 너무 고마워서 서번트 투어라는 것을 만들었어.

이름하여 '섬김의 여행'.

우리 폴레폴레는 매년 해외 빈민촌 학교로 봉사 활동을 떠나. 처음 참가하는 사람들은 이렇게 다짐해.

"불쌍한 아이들을 잘 섬기다 와야지."

하지만 현지 학교에 도착해서 봉사 활동을 하다 보면 새로운 깨달음을 얻게 돼.

"진정으로 불쌍한 사람들은 빈민촌 아이들이 아니라 한국에서 찌들어가는 삶을 살고 있던 나였구나. 내가 아이들을 섬기고 있는 게 아니라 아이들이 미소와 사랑으로 나를 섬기고 있구나." 하고.

그렇게 며칠이 지나면 사람이 한순간에 바뀌어. 그리고 한국에 돌아가면 새로운 삶을 살게 돼.

난 네가 이십 대에 이 경험을 꼭 해봤으면 좋겠어.

먹고 마시고 노는 게 전부인, 안 그래도 허수아비처럼 살고 있는 너를 텅텅 비게 만드는 그런 여행 말고, 잠들어 있는 네 영혼을 흔들어 깨우는 진짜 여행을 한 번이라도 경험해봤으면 좋겠어.

난 소망해.

제발 그 깨어남이 아름다운 것이었으면 하고.

사람들에게 상처를 주지 않는 것이었으면 하고.

너도 느끼고 있니? 네 안의 또 다른 '너'를.

6

단 1센티미터
나아가기
위해

사람들 속에 있으면

물질보다 강한 것은 사랑이다.
현실보다 중요한 것은 꿈이다.
누구나 언젠가 지구를 떠난다.

왜들 안 믿냐.

왜들 못 믿냐.

영혼이 아파.
사람들 속에 있으면
난 항상 영혼이 아파.

규칙

1. 머리가 아니라 가슴으로 쓴다.

2. 책이 아니라 나를 쓴다.

3. 가슴을 넘어 영혼으로 쓴다.

4. 남이 이미 다룬 주제는 다루지 않는다.

5. 남이 이미 다룬 주제를 다룰 땐 전혀 다른 시각으로 접근한다.

6. 가장 고차원적이고, 가장 우월하고, 가장 깊고, 가장 넓고, 가장 정확하고, 가장 섬세하고, 가장 놀랍고, 가장 짜릿하고, 가장 뜨겁고, 가장 부드럽고, 가장 따뜻하고, 가장 훈훈하고, 가장 아름답고, 가장 매혹적이고, 가장 즐겁고, 가장 기쁘고, 가장 행복하고, 가장 위대한 글을 쓴다.

7. 가용 시간을 모으고 또 모아서 가장 많은 책을 읽고 가장 깊은 생각을 한다.

8. 반드시 하루 삼십 분 이상 철학 고전을 읽는다.

9. 하루 네 시간 이상은 반드시 글을 쓴다.

10. 항상 기도하면서 글을 쓴다.

무명작가 시절에 만든 글쓰기 규칙 열 가지야. 거짓말처럼 들리겠지만 난 거의 매일 이 규칙을 지켰어. 아마도 그래서 내게 성공이 찾아왔었나봐.

난 지금도 이 규칙을 지키기 위해 애쓰고 있어. 난 앞으로도 계속 성공하고 싶거든.

너에겐 어떤 규칙이 있니?

명랑한 산책길

오랜만에 약수터에 갔다가 작은 산을 하나 넘게 되었어.

숲들을 통과하면서 걷고 있는데 갑자기 비가 내렸어.

(숲속에서, 비가 내리는 소리를 들으면서 산책해본 적이 있니?)

숲속에선 비를 거의 맞지 않았어.

숲을 나서자 비는 내 머리 위로 명랑하게 떨어졌어.

난 명랑하게 노래를 부르면서 한참을 걸었어.

문득 토란잎이 무성하게 자라고 있는 작은 언덕을 만났어.

(옆에 고추도 많았고, 고구마도 있었고,

노란 꽃이 인상적인 호박도 많이 있었어.)

난 그냥 지나갈까 했어.

(비가 온다고 토란잎을 꺾으면 토란에게 미안하니까.)

그런데 비가 거세졌고 결국 토란잎 하나를 꺾게 되었어.

나는 그것을 쓰고 산을 내려와서 도시를 가로질렀어.

기분이 정말 좋았어.

토란잎 우산.

어렸을 때 신문지로 만들었던 종이배 우산이 생각나게 하는
초록빛 우산.

아, 이 작은 우산 하나가 사람을 이렇게 흐뭇하게 만들어.

행복의 노래

아침 일곱 시까지 매트리스에서 뒤척이다가 벌떡 일어나 샤워를 하고 밥을 먹고 세 개의 숲을 가로질러 출근을 해.

그리고 종일 교실에서 아이들과 함께해.[*]

오후가 되면 역시 세 개의 숲을 가로질러 퇴근을 해.

도중에 도서관에 들러 열 종류 넘는 신문을 읽고 여러 권의 책을 대출해.

집에 도착하면 음악을 들으면서 빌려온 책을 읽고 밥을 먹어.

저녁 여덟 시가 되면 새로운 하루가 시작돼.

난 책상에 앉아 음악을 들으면서 글을 써.

그 시간이 어찌나 행복한지.

난 그렇게 밤을 하얗게 새우면서 새벽을 맞이해.

내 안의 모든 에너지가 소진될 때까지, 어깨가 마구 아플 때까지, 나만의 생각과 감성에 취해 글을 쓰고 또 써.

그 시간이 나는 너무 행복해. 너무 감사하고 소중해.

나는 정말 축복받은 사람인 것 같아.

◦ 초등학교 교사 시절에 쓴 글이야.

내 안의 '그것'에 대하여

내 안에는 있어.

무시무시한 어떤 '것'이,

사람들의 가슴에 섬뜩한 깨달음의 칼날을 꽂고야 말 '무엇'이.

내 안에 잠재돼 있는 '그것',

내 피 속에 숨겨져 있는 '그것',

언젠가는 이 글을 쓰고 있는 나를 갈기갈기 찢어버리고는 "내가 바로 진짜 너야!"라고 소리칠 '그것'을 나는 문득문득 느껴.

내 안의 또 다른 나, 내 삶을 송두리째 바꿔놓을 어떤 운명, 내가 죽는 날까지 깨어나지 않기를 바라는 '그것', 내 삶의 어느 순간에 반드시 깨어날 것을 예감하고 있기에 아무도 모르는 가슴 떨림으로 기대하고 기다리는 '그것'을 나는 분명하게 느껴.

내 안의 그 존재가 깨어나면, 내 피 속의 그가 '인생'이라는 잠을 깨면, 아마도 지금의 나는 허무하게 파괴되고 말겠지.

난 소망해.

제발 그 깨어남이 아름다운 것이었으면 하고.

사람들에게 상처를 주지 않는 것이었으면 하고.

너도 느끼고 있니?

네 안의 또 다른 '너'를.

네가 만일 이 글을 읽고 전율을 느꼈다면, 넌 나와 같은 영혼을 가진 사람인 거야.

세상에 단 하나뿐인 너를 위한

난 꿈속에서 책을 읽고 글을 쓸 때가 많아.

아침에 일어나면 몇 시간씩 머리가 띵할 때가 있어. 꿈속에서 너무 강렬하게 책을 읽거나 글을 쓰고 나면 찾아오는 후유증이라고나 할까.

오늘은 책을 읽고 글을 쓰는 꿈 대신 기억나지도 않는 잡다한 꿈을 꾸다가 일어났어.

난 종일 책상에 앉아서 글을 쓰기 위해 노력했어. 제발 글이 나와주기를, 마음속으로 빌고 또 빌었지. 하지만 글은 단 한 줄도 나와주지 않았어.

결국 난 비 내리는 밤거리로 뛰쳐나갔고, 마음이 풀릴 때까지 비를 맞으며 걸었어. 어떤 짓을 해도 글이 나오지 않는 날은 그저 하염없이 걷는 것 말고는 달리 할 수 있는 일이 없거든.

한 시간 넘게 빗속을 헤맸지만 변한 것은 없었어. 오늘은 정말 아닌가 보다, 포기하고 집으로 돌아왔어.

그런데 또 그럴 수 없는 거야. 그래서 난 옷을 벗고 욕실에 들어가서 찬물로 몸을 씻었어. 그러면 마음도 깨끗하게 정돈될 것 같아서.

난 방금 몸을 말리고 의자에 앉았어. 난 앞으로 두세 시간 더 버텨보려고 해. 그러다 보면 기적처럼 글이 나올 수도 있으니까.

난 때로 네가 너무 미울 때가 있어. 내가 참으로 힘들게 쓰는 글을 넌 참으로 쉽게 읽는 것 같아서. 하지만 난 네가 정상이라고 생각해. 내 글이 쉽게 읽히는 것은 내가 철저하게 의도한 것이니까. 그래, 난 세상에서 가장 쉽게 읽히는 글을 쓰고자 그 어떤 작가보다 노력하고 있어.

난 때로 일부 철없는 작가 지망생들에게 만만한 사람으로 찍히기도 해. 그들은 말해. 이지성의 글은 너무 쉽다고. 난 이지성보다 더 잘 쓸 수 있다고. 하지만 그들은 모르고 있어. 난 그들의 눈에 참 만만해 보이는 글을 쓰기 위해서 매일 힘겨운 투쟁을 하고 있다는 사실을.

책을 쓰면서, 글솜씨를 발휘하고 싶은 마음은 늘 생겨. 내 지식을 자랑하고 싶은 마음, 현란한 문체, 어렵고 고상한 표현을 하고 싶은 유혹, 언제나 받아. 하지만 잘 이겨왔다고 생각해. 내가 아닌 너를 위한 글을 쓴다는 신념 하나로 말이야. 난 앞으로도 잘 이겨나가고 싶어.

이런 생각을 하면서, 난 이 새벽에 다시 도전하고 있어.

너를 감동시킬 수 있는 글을 쓸 수 있다고 믿으면서.

내가 생각하는 남자다운 삶

내가 생각하는 남자다운 삶은

알람 소리가 울리면 십 분 안에 벌떡 일어나기.

아침마다 운동하기.

밥 꼭꼭 씹어 먹기.

출근길에 민망한 차림의 여성분 쳐다보지 않기.

야한 생각 이기기.

부드럽고 믿음직한 미소 짓기.

'죽겠네' '에이 뭐야' '쳇' 이런 말 대신 '잘될 거야'

'잘해볼까?' 이런 말 쓰기.

하루 삼십 분 이상 인터넷 사용하지 않기.

머릿속을 좋은 생각으로 채우기.

시도 때도 없이 마음속으로 들이닥치는 불평불만의 파도를

익숙한 솜씨로 타고 넘기.

내 삶에 닥친 문제보다 나의 의지가, 나의 의지보다 하나님의

선하심이 더 크다는 것 인정하기.

마음을 빛나게 만들어 수시로 하나님께 감사하기.

그리고……

존경할 수 없는 사람 존경하기.

용서하고 싶지 않은 사람 용서하기.

저주하고 싶은 사람 사랑하기.

또 그리고……

이런 것들이 비록 잘 지켜지지 않더라도

할 수 있다고 믿으면서

지속적으로 실천하는 삶.

오늘까지만

가을엔 발이 아프도록 숲속을 걸어.

숲속에서 나뭇잎들이 어떤 모양으로 떨어지나 본 적이 있니.

공간에 그 나뭇잎만의 흔적을 남기면서 낙하해.

똑같은 모양으로 떨어지는 나뭇잎은 하나도 없어.

난 숲속에서 무수한 나뭇잎들의 마지막을 목격해.

어쩌면 그 나뭇잎들은 행복해.

마지막 몸짓을 누군가가 보아주니까.

오늘도 난 발이 아프도록 걷고 또 걷겠지.

타인과는 결코 나눌 수 없는 내면의 외로움,

침묵으로 대화하는 법을 아는 사람만이 공감할 사연들,

그런 것들을 잊기 위하여

하지만 나 오늘까지만 아파할 거야.

내일부턴 나 다시 힘을 낼 거야.

언젠가, 언젠가

나처럼 나눌 수 없는 것들로 아파하는 누군가를 알게 되면,

그의 아픔을 함께할 수 있는 사람이 되기 위해서라도

침묵으로 대화하며 곁에 있어주기 위해서라도

내면의 가을을 이만 이겨낼 거야.

시끄러워! 난 할 수 있어

새벽까지 죽기 살기로 도전했지만 한 줄도 쓰지 못했어. 아침에 일어나자마자 내 안에서 바보들이 아우성을 쳐.

"과연 계속 쓸 수 있을까?"

"과연 이 책을 마칠 수 있을까?"

"너무 힘들다."

"이렇게 힘든 일을 나이가 먹어도 해낼 수 있을까? 지금이라도 얼른 다른 쉬운 일을 찾아야 하는 게 옳지 않을까?"

나는 냉장고 문을 열고 찬물을 마셔. 그리고 내 안의 바보들에게 이렇게 외쳐.

"시끄러워! 난 할 수 있어!"

난 오늘도 도전해, 나 자신에게.

생각해보면 난 지난 이십 년 넘는 세월 동안 매일 나 자신에게 이렇게 도전해왔어. 글쓰기가 쉬웠던 날은 단 하루도 없었어. 어떤 글이든 심지어는 간단한 추천사조차 나를 깊은 고통에 빠뜨린 다음에 나타나주었으니까.

난 오늘도 어려운 길을, 고통을 선택해. 그게 작가의 숙명이라고 믿으니까.

그렇다고 고통만 있는 것은 아니야. 큰 고통 뒤에는 반드시 큰 보상이 있어. 그건 말로 표현할 수 없는, 어떤 휘황찬란한 기쁨의 세계야. 어쩌면 난 그 황홀한 세계에 중독되어 있기에 이렇게 사는지도 몰라.

내가 바라는 삶

거대하고 아름다운 꿈의 세계를 갖지 않는 삶,

미친 정신으로 팍팍한 현재에 도전하지 못하는 삶,

가혹할 정도로 나를 몰아가지 않는 삶,

내가 걷는 길 위에 오직 차가운 얼음만 있을지라도

나 스스로 불타서 가지 못하는 삶,

그러지 못하는 삶이 나는 너무 싫어.

정말, 정말 싫어.

그렇게 살지 못하느니 차라리 소멸하는 게 낫다고 생각해.

나는 가고 싶어,

내가 도달할 수 있는 가장 높은 곳까지.

나는 퍼 올리고 싶어,

내 내면의 가장 깊은 곳에 있는 무엇을.

나는 날아가고 싶어,

내가 꿈꾸는 세계를 만날 때까지.

나는 살아가고 싶어,

내가 상상하는 내 모습 그대로.

나이 아흔이 되어도

내 나이 아흔이 되어도
스무 살의 그 눈동자 그대로 불타오르기를
여전히 꿈에 미쳐 있기를
여전히 제정신이 아니기를
여전히 뜨거운 피로 펄펄 끓고 있기를
여전히 무시무시한 이상에 사로잡혀 있기를
여전히 이런 글을 쓸 수 있게 되기를.

양말

같은 색깔의 양말을 신어본 기억이 거의 없어.

최근 몇 년 동안.

일전에 엄청 유명한 사람들의 모임이 열린 집에 간 적이 있어. 그때 구두를 벗고 거실에 들어가자마자 들었던 말.

"아니, 이지성 씨는 왜 양말이 한 짝은 화이트고 다른 짝은 레드야?"

나는 담담한 얼굴로 대답했어.

"지구의 문화에 대한 저항의 표시라고나 할까요?"

순간 사람들의 얼굴에 썰렁한 기운이 감돌았어. 난 여전히 담담한 얼굴로 그들 사이에 앉았고, 그들은 중단되었던 대화를 계속했어.

양말까지 짝을 맞춰서 신어야 하는 세상의 규칙이 나는 참
싫어.

가끔씩 그리워

순금빛 햇볕이 양탄자처럼 깔려 있는 아침의 공원

벤치에서 나는 식사를 한다

아름드리나무가 그늘을 드리우는 곳

눈부신 빛 덩어리가 공중에 단추처럼 매달려 있는 곳

그곳 벤치에서 나는 빵을 먹고 우유를 마신다

이상하게 쳐다보며 지나가는 사람들의 눈길과

덩굴식물 위에 앉은 새들의 힐끗거림과

풀잎 위를 오르내리는 곤충들의 눈동자를

나는 개의치 않는다

그저 차가운 우유와 부드런 빵의 감촉을 목젖 깊이 느낄 뿐

그저 내 몸이 훈훈해짐을 느낄 뿐

새의 지저귐과 나무의 그림자와 풀의 냄새가 있는 곳

아침의 영광이 순금빛으로 고스란히 머물러 있는 곳

그곳 벤치에서 나는 내 삶의 가장 편안한 순간을 맞는다

멀리서 하루의 시작을 알리는 종소리가 들려오고

만찬을 끝낸 나는 가방을 챙겨 일터로 향하지만

아침의 공원은 내 마음속에 하루 종일 살아 있다

새들의 질투 어린 시선과 개미들의 부러운 눈길을 받으며

홀로 들었던 아침의 만찬은 내 안에 영원히 머물러 있다

〈아침의 공원은 내 안에 영원히 머물러 있다〉

내가 초등학교 교사였던 서른한 살 무렵에 쓴 시야.

경기도 분당에 서현초등학교라는 곳이 있는데 맞은편에 작은 공원이 하나 있어. 어느 날 난 한 시간 빨리 출근하게 되었어. 학교에서 빨리 출근하라고 해서 그런 것은 아니었어. 내 기억에 따르면, 시계를 잘못 봤던 거야. 아무튼 난 교문 앞에 도착해서야 내가 무척 빨리 출근했다는 사실을 깨달았어. 순간 배

고픔이 나를 엄습했어. 아침도 못 먹고 출근했었거든. 하여 난 근처 슈퍼로 가서 빵과 우유를 샀어. 그리고 학교 앞 공원에 가서 나만의 만찬을 즐겼어. 이 시는 만찬을 끝내고, 공원을 산책하면서 썼던 것으로 기억해.

비록 지금은 전업 작가로 살고 있지만, 난 한 번씩 그때가 그리워. 빵 한 조각, 우유 한 잔에도 아름다운 의미를 불어넣을 줄 알았던 그때가.

때론 스머프처럼

거리를 걷다가

식당에서 밥을 먹다가

지금 혼자 걷고 있구나

지금 혼자 먹고 있구나

생각에 기분이 좀 이상해지면

난 나를 스머프라고 생각해.

잠시 인간 세상에 놀러 나온.

랄랄라 랄랄라 랄라랄라라

스머프 노래를 부르면서

딸기 한 바구니 손에 들고

스머프 마을로 돌아가는.

그럼 기분이 좋아지거든.

때론 스머프의 눈으로 세상을 바라봐.

이야기 여든아홉.

버리렴

나는 글을 쓰다 말고 종종 의자에 앉아 명상을 하는데 특이하게도 클래식을 들으면서 해. 이를테면 이런 식이야.

쇼팽의 피아노협주곡을 들으면서 그의 영혼 속으로 들어가보려고 하고. 파헬벨의 캐논을 들으면서 내 삶에서 가장 아름답고 행복했던 순간들을 떠올리면서 그 순간들을 새롭게 느껴보려고 하고. 헨델과 바흐의 선율에 깊이 빠져들면서 두 사람의 내면과 하나가 되어보려고 하고……

그렇게 한 십 분 정도 명상에 잠기면 마음속에 행복의 파도가 밀려들고 머릿속이 투명한 하늘처럼 맑아져. 그리고 마음속에서 이런 소리가 들려와.

버리렴.

너를 어지럽게 만드는 것들.

네게 욕심을 불러일으키는 것들.

너를 힘들게 하는 것들.

너를 행복하게 하지 못하는 것들.

영혼의 삶과 거리가 먼 것들.

.

.

.

다만 버리렴.

난 전진할 뿐이야

글을 쓰는 일은 늘 외로움과 마주해야 하는 일이야. 나도 사람인데, 외로움에 영향을 받지 않을 수 없겠지. 어쩌면 넌 이런 말을 하는 내게 실망했을지도 모르겠다.《꿈꾸는 다락방》같은 책만 보고서 이지성이라는 사람은 정말이지 부정적인 감정이라고는 단 한 치도 모르는 긍정적인 에너지의 소유자라는 환상을 갖게 되었다면 말이지.

하지만 인간이 어떻게 그렇게 늘 긍정적일 수 있겠니.

난 이런 말을 하고 싶어. 이지성이라는 사람은 어쩌면 가장 나약하고 가장 무기력하고 가장 부정적이기 때문에 그런 글들을 쓸 수 있었던 게 아니겠냐고.

오늘, 책은 읽히지 않고, 글은 써지지 않고, 몸은 좋지 않고, 머리는 아프고, 재미있는 일은 하나도 없고, 우울과 작은 분노, 슬픔, 아픔 같은 것들이 지치지도 않고 내 마음속을 침범하고 있어.

하지만 난 다만 견딜 뿐이야.

앞으로 나아갈 뿐이야.

오늘 내가 고통 속에 몸부림치다가 고작 1센티미터를 전진했다고 하더라도, 전진은 전진인 것이라고 믿으니까.

내가 정체되거나 안주하지 않으려고 좀 더 높고 아름답고 빛나는 곳으로 가려고 발버둥을 치고 있다는 사실 자체가 나에게는 큰 위안이자 엄청난 자부심이야.

처절한 실패, 처절한 도전

작가로 산다는 것은 자기 자신에게 매일 도전한다는 거야.

사는 게 너무 힘든 나머지 그저 바보처럼 앉아서 멍하니 쉬고 싶을 때라도 책을 손에 붙들겠다는 거야.

날씨가 너무 화창해서 그냥 놀아버리고 싶은 날에도 책상 앞에 앉아 글을 쓰겠다는 거야.

세상이라는 물결에 그냥 휩쓸려서 사는 게 아니라 세상을 향해 "네가 틀렸다!"라고 외치면서 살겠다는 거야.

모두가 절망과 어둠을 볼 때에도 홀로 희망과 빛을 보겠다는 거야.

하루하루를 나무처럼 돌처럼 그저 존재하면서 살아가는 게 아니라 세찬 강물을 거슬러 오르는 연어들처럼 저항하고 도전하면서 살겠다는 거야.

난 부끄럽게도 이런 멋진 작가의 삶을 사는 데 늘 실패하는 것 같아.

진짜야. 난 매일 처절하게 실패해.

하지만 난 항상 다시 도전해.

그래, 어쩌면 글을 쓰는 것보다는 도전하는 게 내 직업일 수도 있어.

아무튼 난 매일 이렇게 살아가고 있어.

내가 과연 잘 살고 있는지 의문스러울 때도 많지만, 그래도 뿌듯해.

사줘, 유에프오

난 히틀러가 유에프오UFO를 만들었다고 생각해.

2차 대전 당시의 나치 군사 기밀 자료를 보면 유에프오 설계도, 유에프오 완제품 사진, 유에프오 시험비행 기록 따위가 등장하거든.

제 정신을 가진 사람이라면 도무지 믿을 수 없는 어떤 소식통에 따르면 나치 잔당들은 전쟁에서 패배하자 유에프오를 타고 남극, 심해, 달의 뒷면 등으로 도주했다고 해.

그러다가 생활필수품이나 식량 등이 떨어지면 유에프오를 타고 나타난다고 해.

걔네들도 먹고살아야 하니까.

내 말을 믿기 힘들다고? 그럼 이걸 한번 생각해봐.

유에프오는 지구에서 슈퍼마켓이 가장 많은 미국에 주로 나타난단다.

갑자기 유에프오 이야기를 하는 것은 요즘 내 삶이 힘들기 때문이야.

혹시 인터넷에 유에프오를 판매하는 사이트가 없을까?

있을 것 같은데. 먹고살기 힘들어진 나치 잔당들이 몰래 판매할 것 같은데.

아, 정말이지 옆구리에 'made in Germany'라고 선명하게 적혀 있을 원반형 비행물체를 타고 어느 별에라도 가고 싶어.

딱 일주일만 다녀오면 될 것 같은데. 내 마음이 편해질 것 같은데.

지구에서의 삶은 참 낯설어. 도무지 적응이 되지가 않아.

유에프오 한 대만 있으면 해결될 것 같은데.

별과 별 사이를 여행하고 오면 내가 참 지혜로워질 것 같은데.

이야기 아흔셋.

글을 쓴다는 것

글을 쓸 때마다 죽고 싶다는 생각을 자주 해.

너무 어렵고 힘들거든. 정말이지 23년 넘게 글을 썼지만 언제나 처음처럼 어렵기만 해.

오늘도 아침부터 밤까지 고작 한 줄 쓰고,

너무 힘들어서 죽고 싶다는 생각까지 했어.

아무도 믿지 못하겠지.

베스트셀러를 여러 권 낸 작가의 가장 큰 소원이 제발 글을 잘 쓸 수 있었으면 좋겠다는 것이라니.

심히 어려운 주제를 심히 쉽게 써야 한다는 것,

참으로 재미없는 주제를 참으로 재미있게 써야 한다는 것,

이런 것은 기본이고.

독자의 눈에서만 읽히는 글이 아니라, 독자가 심장으로 읽을 수 있는 글을 쓰고자 하기에 나는 진정 힘든 것 같아.

그런데 내가 그런 불가능에 도전하지 않으면 도대체 누가 나의 글에서 짜릿한 무엇을 느낄 수 있겠어.

그래서 난 늘 새롭게 불타오르는 것 같아.

아아, 잡소리 그만하고 또 글을 쓰러 가야겠어.

너도 매일 새롭게 타올랐으면 좋겠어.

어쩌면 나는

내 속에 내가 있어.

거대하고,

무시무시하고,

눈부시게 강하고,

눈물 나도록 크고 아름다운 나의 자아.

혼돈의 하늘,

열정의 대지,

기쁨의 숲,

눈물의 나무들을 가진 나의 자아.

불타는 혀를 가진 나의 자아.

악마 또는 천사인 나의 자아.

그를 달래기 위해 나는 글을 써.

때로 나는 글을 쓰지 못하면 미쳐버릴 것만 같아.

언젠가는 그가 나를 찢고 자신을 드러내겠지.

내가 모르는 또 다른 나 자신인 '그'가 지금의 나를 없애고

진정한 '나'가 되겠지.

그날이 두려워.

그런데 어쩌면 나는 그날을 위하여

오늘을 살아가는지도 몰라.

소명

세상은 참 어두운 곳이야.

왜 그럴까?

어두운 마음을 가진 사람들이 너무 많기 때문이야.

사람들의 마음이 현실로 나타난 곳, 그게 세상이거든.

나도 한때는 우주에서 가장 지독할 정도로 어둡게 살았던 적이 있었어.

내 자아가 말 그대로 살해되었던 적이 있었어.

하지만 하나님의 손이 나를 그 지옥 속에서 건져내셨지.

난 참으로 오랜 세월 동안 내면의 지옥 속에 갇혀 있었어.

하지만 치열하게 기도하고 독서하면서 내면의 변화를 추구

했지.

그렇게 십일 년이 흘렀고, 마침내 나는 하나님의 은혜로 어두운 내면에 빛나는 별을 띄울 수 있게 되었어.

난 그 순간을 아직도 생생하게 기억해.

내 영혼 깊은 곳에서 이 세상 것이 아닌 밝고 하얀 빛이 솟아나와 내 존재를 뒤덮어버렸던, 그 순간을 말이야.

그날 이후로 나는 전혀 다른 사람이 되었어.

뭐랄까, 네가 아는 이지성 작가가 되었다고나 할까.

난, 나에게 일어난 변화가 지금 이 글을 읽고 있는 너에게도 얼마든지 일어날 수 있다는 것을 알려주고 싶어서 글을 써. 세상 사람들의 마음을 점령한 어둠을 몰아내고 싶어서 글을 써. 빛을 잃어버린 사람들의 내면에 예쁜 별 하나를 띄워주고 싶어서 글을 써.

이게 내가 받은 소명이야.

그리고 내가 글을 쓰는 이유이자 목적이야.

너에겐 어떤 소명이 있니?

그리고 어떤 삶의 이유와 목적이 있니?

너의 소명이, 너의 삶의 이유와 목적이, 아름답고 따뜻한 것이기를.

너 자신보다는 타인들을 위한 것이기를.

어둠 속에서 고통받고 있는, 많은 사람들을 위한 것이기를.

아마도 그곳엔

어떤 사람들에게는 나의 이 고백이 황당하게 들릴 수도 있을 거야.

나는 성공이라는 것을 하면 뭔가 있을 줄 알았어.

책이 엄청나게 많이 팔리고 누구나 알아주는 유명한 작가가 되면, 내 마음속에서 뭔가 다른 세상이 펼쳐질 줄 알았어.

그런데 그런 것 하나도 없더라. 초등학교 6학년 때 수학여행을 기다릴 때 느꼈던 그 아름답고 설레고 행복했던 감정의 발끝에도 못 미치더라.

이쯤에서 더 황당하게 들릴 이야기를 하고 싶어.

그럼에도 불구하고 난 너에게 성공하라고 권하고 싶어. 만일 네 마음속에 성공을 향한 열망이 있다면. 또는 네게 성공하지 않으면 안 되는 이유가 있다면.

나는 고등학교 때 성경을 열심히 읽었어. 교회에서 시켜서 그런 것이 아니었어. 그냥 성경 말씀이 너무 좋았어. 그래서 아침 자율학습 시간마다 몰래 성경을 읽었어. 물론 그렇다고 내가 거룩한 생활을 했던 것은 아니야. 재래시장의 동시상영 영화관에서 에로 영화도 열심히 보았으니까. 아무튼 난 성경을 읽으면서 깨달았어. 이 세상은 진정 부질없는 곳임을. 이 세상에서 말하는 성공은 예수 그리스도의 십자가 복음에 비교하면 배설물에 불과하다는 것을.

하지만 난 성경이 말씀하시는 예수의 길—북한이라든가 아프리카 오지 같은 곳으로 선교를 떠나는—을 걸을 수 없었어. 그 길을 걸을 자신도 없었지만 그 길을 걷고 싶지도 않았어. 그래서 스무 살 때 이렇게 다짐했어.

"어차피 세속을 버릴 수 없다면 철저하게 세속의 길을 걷겠다. 그리고 세속의 끝까지 올라가겠다."

생각해보면 나의 지난 삶은 스무 살 때의 다짐을 실현하기 위한 것이었어.

세속을 버리고 성자의 길을 가는 자, 그는 인간이 걸을 수 있는 가장 위대하고 영광된 길을 걷는 사람이야. 하지만 어리석기 짝이 없는 나는 성자의 길 대신 성공의 길을 가. 영원한 세계와 비교하면 부질없는 세속의 길을 가.

나는 한 번씩 생각해봐. 세속의 끝에 가면 무엇이 있을까, 하고 말이야.

그곳엔 신이 있을까, 악마가 있을까.

아니, 아니다. 아마도 그곳엔 내가 있겠지.

내 안에서 시작된 길이니까.

지금보다 더 뜨겁기를

스무 살 3월에 우연히 칼린 지브란의 글을 읽었어. 그는 이렇게 말하고 있었어.

"내 나이 여든이 되어도 매일 새롭게 태어나는 삶을 살 것입니다."

그때 나이 여든은 감히 상상조차 되지 않았어. 그런데 난 벌써 마흔셋이 되었고, 여든이 되기까지는 이제 사십 년도 남지 않았어.

스무 살 때 만난 칼린 지브란의 말은 심히 멋있고 아름다웠어. 그때 난 다짐했었지. 나도 칼린 지브란 같은 멋진 말을 할 수 있는 어른이 되겠다고.

다행히 그 다짐은 지금껏 잘 지키고 있어. 작가의 길에 들어선 지 23년째, 늘 힘들고 어렵지만, 늘 새롭게 태어나고 있거든.

이제 마흔넷을 앞두고 있는 지금 난 스무 살 때보다 더 뜨겁게 불타오르고 있어.

지금 내가 바라는 건 딱 하나야. 부디 여든을 앞두고 있을 때도 지금보다 더 뜨겁기를!

난 우울해질 때마다, 힘들 때마다 해외 빈민촌 학교들을 생각해.

그 학교들을 통해 새로운 삶을 살게 된 일만 명 넘는 아이들을 생각해.

그리고 그 아이들이 새롭게 변화시킬 미래의 세상을 생각해.

그러면 마음이 한없이 편안해지면서 행복한 미소가 지어져.

다시 새롭게 인생을 살아갈 힘이 생겨.

7

불가능한 꿈을
현실로 만드는
열정

헌법 제10조

"모든 국민은 인간으로서의 존엄과 가치를 가지며 행복을 추구할 권리를 가진다. 국가는 개인이 가지는 불가침의 기본적 인권을 확인하고 이를 보장할 의무를 진다."

우리나라 헌법 제10조 전문이야. 나는 이 헌법 조항을 많은 이십 대 친구들에게 읽어주고 어떻게 생각하는지 물어봤어. 그랬더니 대부분 이런 반응이었어.

"역시 우리나라는 헌법부터 사기와 거짓말로 점철되어 있군요!"

어떤 친구는 이 헌법 조항 앞에는 '권력이 있고 돈이 많고 얼굴이 예쁜'이라는 문구가 생략되었을 거라고 하더군.

가슴 아프지만 상당 부분 맞는 이야기일 수 있다고 생각해. 만일 그렇지 않다면 우리나라가 OECD 1위의 자살대국일 수 없겠지.

그래, 우리는 이상한 나라에 태어났을 수도 있어. 하지만 그렇다고 우리마저 이상해지면 안 될 것 같아.

나는 이십 대 시절 종종 이런 혼잣말을 하곤 했어.

"나는 한국이라는 나라를 선택해서 태어났다."

이유는 간단해. 그렇게라도 내 자신을 세뇌시키지 않으면 그만 폭발해버려서 무슨 짓을 저지를지 몰랐거든. 그 정도로 나의 이십 대는 불행했어.

가진 자들 위주로 돌아가는 나쁜 사회 시스템에 분노와 좌절감이 밀려들 때마다 "내가 어쩌다 이런 나라에 태어났을까, 이민이라도 가고 싶다."라고 생각하는 대신 "나는 태어나기 전에 내 스스로의 의지를 발휘해서 우리나라를 선택한 거야. 우리나라에 내가 꼭 필요하기 때문에, 우리나라에서 내가 반드시 해야 할 일이 있기 때문에. 물론 지금은 그게 뭔지 잘 모르지만 언젠가는 반드시 알게 될 거야. 그래, 나는 한국이라는 나라를 선택해서 태어났어." 이렇게 읊조리다 보니까 마음이 차분해지고 편안해지면서 힘이 생겼어. 그리고 놀랍게도 몇 년 뒤에 깨닫게 되었지. 내가 한국이라는 나라에 태어난 이유를, 내가 한국이라는 나라에서 해야 하는 일들을.

난 네 자신이 바뀌면 된다고 생각해.

불평하고 한탄하는 대신 긍정하고 전진하면 된다고 생각해.

네가 변화된 삶을 살면 친구들도 너에게 영향을 받게 되지 않을까.

그 친구들에게 영향 받을 사람들을 생각해봐.

그리고 그들에게 영향 받을 또 다른 사람들을.

너로부터 시작된 변화가 그렇게 무한 전파되다 보면 우리나라는 물론이고 지구 자체가 바뀔 수도 있지 않을까? 이렇게 놓고 보면 세상을 바꾸는 것은 어쩌면 가장 쉬운 일일지도 몰라.

헌법 제10조는 우리가 앞으로 만들어가야 할 무엇이라고 생각해. 앞으로 십 년 뒤에 내가 이십 대 친구들에게 헌법 제10조를 읽어주면 이런 반응이 나왔으면 좋겠다.

"헌법 제10조는 바로 우리 이야기군요!"

네가 움직여야 해

우리나라 정치가들의 머릿속에 이십 대는 없는 것 같아. 선거 유세를 한번 생각해봐. 재래시장은 물론이고 길바닥 위에서도 유세를 하는 사람들이 이십 대들이 있는 곳에는 거의 가지 않거든.

이유는 간단해. 이십 대들이 정치에 관심을 갖지도, 투표를 하지도 않기 때문이야. 정치가들 입장에서는 괜한 데에 시간과 힘을 낭비할 필요가 없는 거야.

그래, 정치에 참여하고 안 하고는, 투표를 하고 안 하고는 자유야. 그런데 그 자유가 부메랑이라면? 그것도 나에게 돌아올 때 날이 시퍼렇게 선 비수로 변해서 온다면?

정치가들은 선거를 치르면서 이십 대의 존재를 까맣게 잊어버려. 이유는 앞에서도 말했듯이 이십 대가 자신들의 당락에 별 영향을 미치지 못하기 때문이야.

문제는 그들이 정책을 만들 때 발생해. 머릿속에 이십 대가 전혀 없으니까 이십 대를 위한 정책을 만들 생각조차 못하는 거야. 그 결과는 네가 지금 마주하고 있는 현실이야. 대학 4년 동안 고 3때 이상으로 힘들게 스펙을 쌓고도 취직을 구걸해야 하는.

지난 세월 동안 네 부모님이 국가에 낸 세금을 한번 생각해봐. 네가 또는 네 남자 친구가 군대에서 국가를 위해 바치게 될 또는 바친 시간을 한번 생각해봐. 네가 대한민국의 건전한 시민이 되기 위해 학교에 바친 그 시간들과 그 수고들을 생각해봐. 그런데 대한민국은 지금 너에게 무엇을 주고 있니?

정치가들이 국가 정책을 만들어. 만일 국회의원들이 국회에서 이십 대들을 위한 정책을 만들기 시작하면 어떻게 될까? 최소한 취업을 구걸해야 하는 현실이 크게 변할 거야.

소위 베스트셀러 작가가 되고 나서 우리 사회의 힘 있는 사람들을 조금 알게 됐어. 그리고 그들이 이십 대를 굉장히 무시하고 있다는 사실 또한 알게 됐어. 심지어는 이십 대들이 내는 등록금으로 먹고사는 교수들조차 이십 대들을 무시하고 있더 군. 그런데 그들의 말에도 일리가 있었어. 그들은 이렇게 말하 고 있었거든.

"우리나라에서 가장 책 안 읽고, 사회에 가장 무관심한 집단 이 이십 대다. 지난 촛불 시위 때 십 대들조차 거리로 뛰쳐나왔 는데 이십 대들은 그렇게 하지 않았다. 이 사람들이 삼십 대, 사 십 대가 된 대한민국을 상상하기가 두렵다. 많은 부분에서 굉 장히 엉망이 되어 있을 것 같다. 그때 내가 힘없는 노인일 것을 생각하면 가슴 한쪽이 꽉 막히는 것 같다. 이민이라도 가고 싶 은 심정이다."

이젠 정치라는 것에도 좀 관심을 가져야 할 것 같아. 우리 사 회를 이끌어가고 있는 어른들, 특히 정치가들에게 네 존재와 네 힘을 분명하게 인식시켜야 할 필요성이 있는 것 같아. 나 여 기 있다고, 나 너를 보고 있다고, 너 나 위해서 일하라고 말해줘 야 할 것 같아.

네 블로그에, 네 페이스북에, 네 인스타그램에 정치가들이 두려워할 메시지들을 지속적으로 올리면 어떨까? 정치가들에게 이십 대들을 위한 정책을 만들 것을 강력하게 주문하는 온 오프 모임 등을 만드는 것도 좋은 방법이겠지.

너의 활약을 기대할게.

넌 어디서, 무얼 하고, 있었니

촛불 집회 때

넌 어디서 무엇을 하고 있었니?

친구들이 삭발까지 하면서 등록금 투쟁을 벌이고 있을 때

넌 어디서 무엇을 하고 있었니?

할머니, 할아버지는 물론이고

장애인들마저 정치를 바꾸겠다며 투표할 때

넌 어디서 무엇을 하고 있었니?

도서관에서 공부하고 있었니?

친구를 만나서 수다를 떨고 있었니?

집에서 텔레비전을 보고 있었니?

아니면 촛불집회의 그 현장에, 삭발투쟁의 그 현장에, 투표가 진행되던 그 현장에 있었니?

네가 어디서 무엇을 하고 있었든, 기억해. 그때 했던 네 선택들이 현재의 사회 시스템을 만들었다는 사실을.

앞으로 또 사회 시스템에 결정적인 영향을 미치게 될 선택을 할 때가 오면, 그때 네가 하는 선택은 모두를 위한 것이었으면 좋겠다.

그러면 정말 좋겠다.

네가 해야 할 일, 할 수 있는 일

우리나라의 어른들은 이십 대를 바보로 보고 있는 것은 아닐까?

먼저 정치권의 대표 어른들이라고 할 수 있는 국회의원들을 보자고. 이십 대를 위해 투쟁하는 국회의원이 있다는 이야기, 혹시 들어봤어? 난 들은 적이 없는 것 같아. 정치에 대해서는 이야기하면 할수록 우리 서로 기분만 나빠질 것 같으니까 이쯤에서 그만할게.

경제계의 대표 어른들이 잔뜩 모여 있는 대기업과 은행을 보자고. 대기업은 이십 대에게 물건을 팔 때는 마치 간이라도 빼줄 듯이 난리를 치지만 정작 취업 문제에 있어서는 이십 대의 간이라도 빼먹을 듯 잔인하게 행동하지. 은행은 또 어떠니? 수업료 가지고 장사하고 있지. 학자금은 대출 이자를 받지 않거나 2% 정도의 저렴한 이자를 받는 게 정상 아닐까? 실제로 OECD 가입국들 중에 학자금 대출 제도를 운영하고 있는 나라들은 보통 무이자이거나 2%대의 이자를 받고 있어. 그런데 우리나라는 5%대야. 그리고 대출금을 갚지 못하면 무서운 일이 벌어지지.

학문계의 대표 어른들이 모여 있는 대학은 어떠니? 솔직히 말해서 졸업장, 그거 큰 의미 없잖아. 그리고 잘 가르치는 교수들도 별로 없잖아. 학생 복지가 뛰어난 것도 아니고, 취직을 잘 시켜준다거나 그런 것은 더욱 없잖아. 그런데 수업료 등등 해서 일 년에 천만 원 가까이 요구하는 대학들 많잖아. 대부분의 이십 대들 어떻게 사는지 뻔히 알면서도 정말 미안한 기색도 없이 돈 내라고 하잖아. 좀 심하게 말하면 그거야말로 일종의 강도짓으로 분류될 수 있는 것 아닐까?

한번 생각해봐. 열 명이서 4년 동안 대학을 다니면 무려 4억 원이 들 수 있잖아. 그럼 대학도 그 열 명에게 4억 원만큼의 뭘 줘야 정상 아닐까? 솔직히 그러겠다고, 아니 그 이상으로 뭘 주겠다고 신입생을 받은 거잖아. 그런데 대학은 받은 돈만큼의 일을 하지 않는다는 말이지. 그것 참 이해할 수 없는 일이야.

이렇게 놓고 보면 정치, 경제, 학문 등 각 분야의 대표적인 어른들이 이십 대들을 바보 취급하고 있다는 셈인데, 이런 말 하기 정말 미안한데, 어쩌면 그것은 이십 대의 잘못은 아닐까? 정치가들에게, 대기업들에게, 은행들에게, 대학에게 저항할 줄 모르는, 자신의 권리를 내세울 줄 모르는.

솔직히 말해서 이십 대들 참 조용하잖아. 정부가, 기업이, 은행이, 대학이 마음대로 갖고 놀아도 그냥 입 다물고 있잖아. 기껏해야 인터넷에서 키보드질이나 하잖아. 그래가지고 뭐가 바뀔 수 있을까. 어떤 어른이 이십 대를 두려워할 수 있을까.

국회, 대기업, 은행, 대학과 투쟁하는 것은 쉬운 일이 아니야. 때문에 나는 함부로 권하고 싶지 않아. 하지만 나는 이것 하나만은 권하고 싶어.

등록금 투쟁!

일 년에 천만 원은 너무 비싸잖아. 그거 고스란히 부모님들 몫이잖아. 부모님이 능력 없으면 네가 네 미래를 저당 잡혀야 하는 거잖아. 유럽 같은 경우 우리나라 돈으로 백만 원도 안 되는 등록금을 내는 대학이 많아. 그 정도까지는 아니더라도 지금보다는 좀 많이 줄어들어야 하지 않겠니? 부모님 등골 휘는 정도는 면해야 하지 않겠니? 그거 네가 해야지 누가 하겠니. 네가 대학의 고객이니까 말이야.

동네 슈퍼도 천 원을 내면 천 원어치의 물건을 건네줘. 하지만 대학은 그렇지 않아. 천만 원을 내면 백만 원도 돌려주지 않는 곳이 허다하지. 만일 네가 슈퍼에서 천 원짜리 과자를 고른 뒤 천 원을 냈는데 주인이 돈을 받고는 과자를 못 가져가게 한다면 넌 그저 참고만 있겠니? 절대로 그렇지 않을 거야.

하지만 넌 대학에게는 아주 잘 참고 있어. 천 원이 아니라 천만 원이 걸린 문제인데 말이야. 너의 그런 태도가 이 사회의 각 분야 권력을 거머쥔 어른들로 하여금 너를 만만하게 보게 만드는 것 아닐까?

총학생회 등에서 등록금 인상 저지 투쟁을 하면 앞으로는 그 대열에 동참해봐. 그리고 네가 원하는 것을 얻어봐. 그 자체가 굉장히 큰 내적 자산이 될 거야.

넌 그 투쟁에 참여하는 것만으로도 동료들과 협동하는 법, 강자를 상대로 싸우는 법, 강자와 협상하는 법 등을 배우게 될 테니까 말이야.

그거 성공적인 사회생활을 하는 데 반드시 필요한 거야. 게다가 너의 투쟁이 성공하면 그것은 매스컴을 타고 우리나라 각 분야의 꼭대기에 서 있는 어른들의 귀에 들어갈 거야. 그러면 그들의 이십 대에 대한 시각도 바뀌게 될 거야. 결론적으로 이십 대가 인간적으로 살 수 있는 세상이 올 수 있다는 이야기지.

나비효과라고 들어보았지? 베이징에서 나비 한 마리가 일으킨 미세한 바람이 뉴욕으로 건너갈 때쯤엔 허리케인이 될 수 있다는. 등록금 투쟁도 마찬가지야. 나비효과를 일으킬 수 있어. 이렇게 놓고 보면 정치 참여는 네가 몸담고 있는 대학에서 부터 시작할 수 있는 거라고 할 수 있겠다.

이야기 백둘.

대한민국 이십 대,
네게 거는 희망

'타워팰리스'라고 들어봤니? 서울 강남의 내로라하는 부자들이 서식한다는 그 건물 말이야. 난 딱 한 번 가본 적이 있어. 사기꾼 한 명이 타워팰리스에서 살고 있었는데 내 절친한 지인이 그 사기꾼에게 홀려 있었거든. 그래서 경고를 해주러 갔었지. 다행스럽게도 내 지인은 이제 그 사기꾼하고 거래를 하지 않아.

타워팰리스 근처에 구룡마을이라는 곳이 있어. 둘 다 똑같이 강남구에 속해 있어. 타워팰리스는 도곡동에 있고 구룡마을은 개포동에 있지.

구룡마을은 집 한 채 짓는데 하룻밤이면 충분하다고 해. 땅

에다 말뚝 네 개 박고, 합판 대고, 못질하고, 보온용 천으로 두르고, 이러면 끝난다는 거야. 현재 약 3천 명 정도가 그 판잣집에서 거주하고 있다고 해.[*]

나는 구룡마을에 한 번 가본 적이 있어. 무명작가 시절 난 성남시 태평동에서 자취를 했었는데 종종 탄천을 따라서 강남이나 잠실까지 걸어가곤 했었거든. 한없이 걸으면서 끝없이 사색하는 게 내 취미 중 하나라.

그때 정말 우연히 구룡마을에 들어갔었는데, 너무 충격적이었어. 뭐랄까. 타임머신을 타고서 1960년대 우리나라 빈민촌에 들어간 느낌이랄까. 다큐멘터리 같은 데서 보던 그 판잣집 그대로였거든.

어떻게 서울에, 그것도 강남에 이런 동네가 있을 수 있을까, 잠시 할 말을 잃었던 것 같아. 게다가 구룡마을 너머로 웅장하기 그지없는 타워팰리스가 보이는데, 이건 뭐 영화 속의 한 장면도 아니고.

기가 막히더라고.

우리나라 헌법 제10조에는 "모든 국민은 인간으로서의 존엄과 가치를 가지며 행복을 추구할 권리를 가진다."는 말이 있잖

아. 타워팰리스와 구룡마을 사이에서 나는 헌법 제10조를 되뇌면서 매우 기괴한 감정에 빠져들었던 것 같아. 헌법 제10조는 구룡마을 주민들을 위한 것은 아닌 것 같았거든.

구룡마을 개포동 1266번지에 270여 명이 거주하고 있어.** 그런데 이 사람들이 국가에 내야 하는 벌금이 거의 40억 원에 달해. 정부의 허가를 받지 않고 무단으로 집을 짓고 거주했다고 매긴 벌금에 가산금이 붙은 결과지. 그것도 지난 몇십 년 동안.

그런데 기껏해야 폐지나 수집하고 고철이나 주우러 다니는 사람들이 무슨 돈이 있겠어. 당연히 벌금을 못 냈지. 그러자 정부는 그들의 재산을 압류했어.

물론 법적으로는 전혀 하자가 없는 일이라고 해. 이게 우리나라의 현실이야.

헌법 제10조의 행복추구권은 정말이지 법전 속에서나 존재하는 권리일 수 있는 거야.

물론 자본주의 사회에서 돈이 많은 사람이 잘사는 것은 나쁜 일이 아니야. 하지만 타워팰리스와 구룡마을의 격차는 매우 나쁜 것이라고 생각해.

더군다나 구룡마을의 주민 중 일부가 40억 원에 달하는 벌금을 내야 한다는 것은 인간적으로 정말 이해할 수 없는 일이야. 재벌들의 수천억 원에 달하는 경영 손실을 국민의 세금으로 메워주는 현실에 비추어보면 더욱.

어른들은 이미 실패했어. 그 지긋지긋한 정치판 놀음들, 국회의원들이 보여주는 추잡한 몸싸움……. 앞으로 바뀔 것 같아? 아니야, 그렇지 않을 거야.

네가 바꿔야 해, 우리나라는.

헌법 제10조가 상식이 되는 나라로 만들려면 이십 대인 네가 나서야 해.

무슨 화염병 따위를 들고 국회나 정부청사로 달려가라는 이야기가 아냐.

내 말은 힘을 기르라는 거야. 우리나라를 근본적으로 바꿀 수 있는 내적인 힘을 말이야.

네가 이십 대부터 세상을 바로잡을 수 있는 힘을 기르는 삶을 살기 시작하면 사십 대나 오십 대에는 우리나라의 꼭대기에 서 있게 될 거야.

그때 네 온 힘을 다해서, 네가 서 있는 곳에서, 우리나라를 바꾸면 돼.

헌법 제10조가 모두의 헌법이 되는 그날을 기다리며 너에게 희망을 걸어본다.

* 조선일보, 강훈 기자, 2010년 10월 2~3일자.

** 2010년 10월의 이야기야.

정의를 위하여

독서는, 자기계발은, 인문학은

사회 정의를 모르는 척하는 것이 아냐.

사회 정의를 적극적으로 추구하는 거야.

너의 이십 대가 사회 정의를 적극적으로 추구하는

시간이 되기를!

이제부터는

지금껏 너 혼자 살아남기 위해 애써왔다면
이제부터는 다른 사람들을 살리기 위해서도 애를 써봐!

아프리카 아이들을 한 번 도와보라는 내 말에,
"나 살기도 힘들다!"라고 한 사람에게 해준 말.

나눔의 힘

스무 살 이후로 내 인생은 언제나 불행했어.

난 '꿈'을 무기 삼아 불행과 맞서 싸웠고, 마침내 승리했어.

그러나 불행은 역시 불행이었어.

내가 하나의 꿈을 이루고 방심하자, 녀석은 전혀 다른 형태로 나를 찾아오기 시작했어. 하여 나는 베스트셀러 작가가 되기 전보다 더 불행해지고 말았어.

이 불행에서 나를 구해준 것이 '나눔'이야.

나는 우울한 감정이 밀려들 때마다, 불행한 일들이 생길 때마다 생각해. 하나님께서 나를 통하여 하신 일들을.

그동안 폴레폴레 까페를 통해 1,700여 명에 달하는 해외 빈민촌 아이들이 죽음에서 생명으로 옮겨졌어.

캄보디아, 필리핀, 탄자니아, 짐바브웨, 인도, 라오스, 시리아, 베트남 등에 세워진 학교와 병원 등을 통해 일만 명에 달하는 아이들이 하루 한 끼를 안정적으로 먹고, 제대로 된 교육을 받게 되었어.

난 우울해질 때마다, 힘들 때마다 해외 빈민촌 학교들을 생각해. 그 학교들을 통해 새로운 삶을 살게 된 일만 명 넘는 아이들을 생각해. 그리고 그 아이들이 새롭게 변화시킬 미래의 세상을 생각해.

그러면 마음이 한없이 편안해지면서 행복한 미소가 지어져.

다시 새롭게 인생을 살아갈 힘이 생겨.

'나눔'이란 참 사람을 행복하게 만드는 것 같아.

나는 네가 이십 대 시절에 다른 무엇보다 '나눔'의 힘을 알았으면 좋겠어.

매일 아침 나에게

난 매일 아침 스스로에게 이런 질문을 던져.

언젠가 지구를 떠나게 되었을 때
아프리카 등지에서 지옥보다 더한 삶을 살다가
일찍 세상을 떠난 아이들이
"당신은 우리와 비교하면 천국 같았던 한국에서
무엇을 하다 왔느냐?"
라고 물으면, 뭐라 대답할 것인가?

CLOSING.

모두의 해피엔딩이기를

마지막 장을 쓰는 동안 밖에서는 미친 듯이 비가 왔어.

마침내 원고를 쓰고 일어나니 어느새 비는 그쳐 있었고, 거울에 비친 내 얼굴엔 굵은 수염이 가득했어.

까칠해진 턱을 쓰다듬으며, 나는 다시 컴퓨터 앞에 앉아 이 글을 쓰고 있어.

밖에서는 별들이 온갖 아름다운 빛들을 쏟아내고 있어.

지난 6월 어느 날, 그토록 아름답게 땅속으로 들어갔던 장미 꽃잎들, 잘들 있을까?

내가 자주 찾는 숲속의 거미줄들에는 별자리들이 걸려 있을까?

내가 스무 살 무렵에 보았던 그 별자리들이?

고개를 들고 하늘을 보니 달이 그림처럼 걸려 있어.

강물 위로 비치는 달빛을 보면서 하염없이 걷고 싶은 밤이야.

스무 살의 어느 날들처럼 한밤의 여행을 떠나고 싶은 밤이야.

어쩌면 넌 지금 강물 위에 비친 황금빛 별들을 보면서 어느 강가를 걷고 있는 것은 아닐까.

그럼 넌 나를 만나게 될 거야.

마지막 장을 쓰기 전 나는 한 도시에 다녀왔어.

나에게 이루 말할 수 없는 고통과 슬픔과 절망을 안겨줬던 바로 그 도시에서 난 하룻밤을 보냈어.

그리고 다음 날 아침 스무 살의 그 자리, 태어나서 처음으로 술을 사서 마시고는 작가의 길을 가겠다고 맹세했던 그곳에서 그때처럼 앉아서 하늘을 바라보았어.

그렇게 하지 않고서는 마지막 장을 절대로 쓸 수 없을 것 같아서였어.

감사하게도 내 이십 대 이야기는 해피엔딩이야.

네 이십 대 이야기도 해피엔딩이기를······.

2010년 12월 어느 날에.

새로운 시작을 알리며,

나는 너를 언제나
언제까지나 응원해

미국에 TFA^{Teaching for America}라는 기관이 있어. 미국의 빈민 가 아이들에게 제대로 된 교육을 제공하고자 세워졌다고 해.

혹시 이런 말 들어본 적 있니?

아이비리그 졸업생들이 TFA를 들어가기 위해 매년 십 대 일 의 경쟁을 한다는 걸.

난 삼십 대 후반에 이 소식을 접하고 거대한 충격을 받았어.

마침 난 폴레폴레 회원들과 전국의 지역아동센터에서 인문 학 교육 봉사 활동을 벌이고 있었어.

난 결심했어. 한국의 TFA를 세우기로.

그래서 차이에듀케이션이라는 기관을 설립했어.

전국 대학가에 인문학 교육 봉사 동아리를 세우고, 전국 지역아동센터에 인문학 교육 봉사자를 보내고, 해외 빈민촌에 학교를 짓고, 서번트 투어를 떠나고…….

뭐, 이런 일을 체계적으로 해보자고 만들었어.

전국 지역아동센터 인문학 교육 봉사 활동과 해외 빈민촌 프로젝트는 잘 진행되고 있어. 그런데 전국 대학가에 인문학 교육 봉사 동아리를 세우는 일은 전혀 진행이 되지 않고 있어서, 조금 마음이 아파. 2년 정도 수십 명의 대학생들과 이십여 곳의 대학교에 인문학 교육 봉사 활동 동아리를 만들기 위해 열심히 노력했는데, 음, 우리가 아직 봉사 활동 스펙을 줄 수 있는 능력이 없거든. 그래서였을까? 다들 3학년이 되니까 떠나더라고. 스펙을 받을 수 있는 곳으로.

뭐, 그렇다고 그 친구들을 원망하진 않아. 스펙을 줄 수 있는 비영리법인을 세우지 못한, 무능력한 나 자신을 원망한다면 몰라도. 사실 차이에듀케이션도 억대 빚을 내서 세웠거든. 뭘 그렇게 무책임하게 일을 시작하냐고? 하하, 좋은 일이란 게 그래. 아무 생각 없이 시작해야 해. 이것저것 생각하다 보면 결국 시작도 못하게 되거든. 특히 수익이 전혀 생기지 않는, 오히려 내가 온갖 기부를 해야 하는 그런 일을 하는 기관은 더욱 그렇지.

마지막에 차이에듀케이션 이야기를 꺼낸 것은 이 말을 하고 싶어서야.

"난 이십 대 내내 사람들에게 바보 취급당하면서 살았어. 하지만 난 단 한 번도 꿈을 저버린 적이 없어. 언젠가 별이 되어 나를 바보 취급하는 세상을 따뜻하게 비추겠다는 꿈을 말이야.

난 아직 세상을 크게 비추고 있진 못하지만, 나를 지켜준 사람들과 함께 조금씩 빛나고 있는 것 같아.

너도 그렇게 될 거야. 아니, 나보다 더 큰일을 하게 될 거야. 비록 지금은 아무것도 아닌 존재처럼 살아가고 있겠지만, 만일 네가 꿈을 갖는다면! 그리고 그 꿈을 절대로 포기하지 않는다면! 넌 반드시 빛나는 별이 되어 세상을 크게 비추게 될 거야. 나는 언제나, 언제까지나 너를 응원해!"

2016년 9월 어느 날에

인도 뻬테세스 고아원 가던 길에,
2013년 3월. 신탄 몬돌 전도사님(왼쪽),
로이 수빈 목사님(오른쪽)과 함께 50원짜리 라임차 한 잔!

스무 살, 절대 지지 않기를

초판 1쇄 인쇄 2016년 12월 19일
초판 1쇄 발행 2016년 12월 23일

지은이 | 이지성
발행인 | 박재호
편집 | 강소영, 홍다휘
마케팅 | 김용범
총무 | 김명숙
종이 | 세종페이퍼
인쇄·제본 | 한영문화사

발행처 | 차이정원
출판신고 | 제2016-000043호(2016년 2월 16일)
주소 | 서울시 마포구 양화로 156(동교동) LG팰리스 814호
전화 | 02-334-7932 팩스 | 02-334-7933
전자우편 | pjh7936@hanmail.net

ISBN 979-11-85035-67-3 03810

이 도서의 국립중앙도서관 출판예정도서목록(CIP)은 서지정보유통지원시스템 홈페이지
(http://seoji.nl.go.kr)와 국가자료공동목록시스템(http://www.nl.go.kr/kolisnet)에서
이용하실 수 있습니다. (CIP제어번호: 2016029904)

만든 사람들
책임편집 | 홍다휘
교정교열 | 김익선
표지디자인 | 이석운
본문디자인 | 변영은